文青櫃姐聊天室

那些失去與懸念的故事

鍾文音 著

目錄 CONTENTS

【序】願你們轉身都安好……005

【I】充滿渴望的心血來潮

文青櫃姐聊天室……013

【II】各花入各眼

妹子們……167

—序—

願你們轉身都安好

每個碎片的疊加，不論被銳角刺傷或者被鈍角磨平，時時刻刻，轉眼都成了現在的我。荒原日久，一心一意，不離不棄，最終被餽贈了滋養我往後人生的甘霖。

在經歷母病三部曲的七年書寫之後，以長篇小說《別送》獲得第十屆聯合報文學大獎。荊棘編成的桂冠，再現我重要人生的時光，被凍結成永恆的印記。這得來不易的時光，也是我以整個人生作為植土，才能長出的一株美麗植栽，所有痛苦的經歷，彷彿是每一道強風，不斷地撞擊樹木，使其更深入黑暗根部而茁壯。

為此，我想重現得獎時的致詞：

謝謝您們能夠前來，為這麼重要的大獎而來，為我這個微不足道的人前來。

此刻的我，感覺自己像是歷經了史上最漫長的F1賽程，歷經不斷地飆速擦撞起火燃燒再飆速，所有碎片的層層疊加，才走到了開香檳的這一刻，這夢幻的時刻，使我的內心充滿了無限的感懷。

剛剛在來的路上，聽著不遠處秋末即將隱退的蟬鳴，一路地尾隨，就像當年母親病床旁的蜂鳴器起伏，午夜的呻吟，每一個聲音都是淚水，每一個聲音都是渴望兌換成的祈福佛號。

使我的內心充滿了對她的無限思念與遺憾。

年輕時得文學獎都怕被母親知道，因為怕獎金被她拿去，我就無法任性地天涯海角，現在很遺憾。想她能來卻已不能。但願沒有身體束縛的靈魂可以飛天入地，我想她應也來了。

畢竟這個獎我是要獻給她的。

畢竟我們母女一起走了這麼久的路，與痛苦共舞這麼多年，於今她的女兒才站上了今天這個舞台，拿到了這個文學獎史上最夢幻逸品的大獎。

我的內心為此充滿了無限的感動。

上個世紀末，在我極其年輕時取得了進入文壇的成年禮，最初也是因為獲得了聯合文學小說新人獎、聯合報散文獎與小說獎。當年散文獎的篇名是：我的天可汗。那個我的天可汗，我的母后，我的母親，自此也一路成為我的寫作資糧，我的繆思，而我的母親也彷彿成了文學的公共財，自此成了我寫作最被辨識的符碼。

只是沒想到，寫了這麼多年，統轄女兒領地的天可汗成了我的巨嬰，使我提早進入亡後的世界，千里送別，自此別送。

幸運自己提前寫下母親的葬禮之書，否則大悲無言，定無法動員想像力完成死亡書寫。這本長篇小說就像是一個守屍人提早進入的死神世界，一個人的午夜嘉年華會。但在這看似孤獨的漫長時日裡，我由衷要感謝一路上的許多貴人們。我要再次謝謝聯合報賜予我年輕時的成年禮，以及現在的這份大禮，在我寫作最成熟之際來到了生命的現場。

使得我的餘生變得很珍貴。

讓我彷彿吃了天山雪蓮，對寫作的熱愛能續航，且永不衰老。

要再次感恩應該也悄悄來到現場的母親靈魂，是母親讓我愛到不能愛，走到不能走，寫到不能寫。

我已然啟動新的寫作旅程，希望日後的作品能夠獅子一吼芳草綠，春雷乍響，春雨降下，給予蕭索者的土地有一絲的春意，一絲微光的可能。

衷心感謝這一切的發生。

獅子之吼，預告著荒原大地即將芳草綠，萬物生長，無不蓬勃。

謝謝您們，每個讀過我作品的人，我是如此地由衷感激著。

一如致詞所言，這座聯合報大獎來得剛剛好，彷彿是我的天山雪蓮，不論精神與物質的餽贈。

但回顧過往，如果這個獎來得太早，如無生活所逼所迫，我在當年就沒有去當代班櫃姐的可能，當然也就沒有這本書的誕生了。

將意外轉成意義，創作者不是活在象牙塔，而是必須直面現實，直到現實土壤開成了一座花園。

我這個老派波希米亞女郎曾經將行腳走過之地兌換成一個個紀念品：以色列的猶太燭台、非洲陶甕、南非動物木雕、撒哈拉沙漠的沙、突尼西亞的沙漠玫瑰、印度沙麗、蘇杭刺繡、西藏地毯、克什米爾彩繪木盒……

最後，時間讓我倒空一切，就像是把瓶中沙漠裡的沙倒空，看著風吹沙，看著一個自我的時代的過去，過去已然過去，文字留下了印記。

波希米亞女郎轉為看護工。

衣裝櫥櫃轉為母親藥櫃。

代班櫃姐的小腿繼續靜脈曲張，手臂且嚴重沾黏。

照顧媽媽，女兒得了媽媽手。一種長期抱嬰孩（不動的母親如嬰兒）而得的媽媽手，經常手臂痠疼。

我開始有了各種職業病。

從作家到櫃姐，從櫃姐到看護工，雙手雙腿，勞動異常。

專職寫作，業餘打工。

我以為熱愛文學不應出賣文學本質，而應以其餘來養至愛。

於是為了生活所需，我曾征戰四處，成了從現實走來的斜槓女，彷彿母親派了一個拳擊教練和我長年對打，淬鍊我成為一個在時間流動中，能擷取一段時光深刻凝視的人。

這無疑是一段奇異的時光，我的新「聊」齋，每回上工前總有陌生的期待，不知來者何人，也不知際遇如何，彷彿是定點的旅行，臥底人生的觀測站。

櫃姐時光與妹子們，如斯珍貴的時光，在我的筆墨中去而復返。我喜歡有故事的人，有經歷的人生，為此我很平實地寫下這些碎片，讓這本書貼近每個當下，不再炫技，躲藏起我的寫作技藝，而只召喚生動的形象。

有朋友笑我這個從不知要照顧身體而只重視靈魂的小仙女，經歷漫長的長照人生，從此回到人間煙火了。

人間煙火，其實也是山林田園，紅塵也有牧歌，染汙處也是清淨地。

那些年，我是穿梭繁華與荒原兩極的人。

美體與病體，緊鄰的兩端。

繁華是滿滿物質欲望的櫃姐人生，荒原是回到家後見到母親臥床直如閉關僧人的空寂。

繁簡之間。

女兒從極繁歸返。

母親從極簡走來。

當時的她只有春夏秋冬各兩套，雨天時再備用一兩套。日久水洗的棉服，如兒時她買給我的玩偶般柔軟，被我的手洗得淡雅素白。臥躺床枕的母親，如入須彌太虛，化為山中雲霧般靜默。當我把電動床搖起，她如禪坐，眼皮覆下，竟是從此與世無關。

彼時，母親的人世由女兒接手。

而我繼續在人世的激流與擱淺中來回擺盪自己的人生。

我當時自問，這一切都遲了嗎？

後來才知道，一切自有安排，不遲不遲。

我是直到母親倒下，才成為母親喜歡的女兒。

我是直到母親離世，才看見了自己愛的樣子。

懂得自己真正的樣子，才能聆聽陌生人種種。

我的櫃姐人生滿眼映照著來來去去的妹子們，她們餽贈我的一些現實碎片的人生，如一個點綴著點，經由我的筆墨妝點成一篇篇猶如現場直播似的「文青櫃姐聊天室」，陌客轉熟客，奧客轉親客，我好像天生就能使陌生人吐出心聲。也許是我的個人特質，也許是緣於我過去是個旅行者。

大千世界看盡，千帆猶如一舟。短暫的萍水相逢，我總是能將之延展成或深或淺的印記。

我永遠記得那些妹子們念物想物的心，依然渴望的心血來潮，總是如潮水般盪去又回返的欲望與念想，對於美麗的追求與老去的感傷，對於情感的嚮往與失去的神傷。

她們猶如自我的對鏡，每個人都有可愛與可憐之處，每個人也都有可親與可憫之點，一如我自己走過的時光歷歷刻痕，一如我的波希米亞年代，不斷地遇見各式各樣的陌生人。

遭逢就是故事，天涯海角也是此時此刻。

在邊界與邊界移動的我不斷揚起揮別的手勢，在櫃位與櫃位之間的我不斷地將每個物件化為蝴蝶的雙翅，物飛上了雲端，蘊藏著主人的美麗與愛憎，掙扎與蛻變。

她們有時是空手走，有時是雙手滿滿，她們總是不斷轉身又轉身，而我總是不斷目送又目送，每個轉身的背影，欲望如雲彩流動。

此後此後，在洪流般的人生裡，她（他）們都成了我筆墨的「失去與懸念」*，陌生人的辛酸，成了作者的哀愁。

雖然此去難再相逢，願你們轉身都安好。

---

*「失去與懸念」是於自由時報二〇一三年副刊的專欄，本書有多篇取自此專欄，當時引起眾多讀者的回響，特集結成書。

I 充滿渴望的心血來潮

文青櫃姐聊天室

這裡彷彿是偽閨密們的資訊交換中心，
又像是萍水相逢的現實聊天室，
我每天上班都有著陌生的期待。

00001

一枚藏銀戒指

那一晚，我像個鬼影似的在街上閒晃，這是一條我熟悉的街，這是一間我熟悉的店。裝潢既古典又帶著歐式波希米亞風格的店，在那些年總是容易入我的眼，推開厚重的雕花鐵門，以眼光瞬間掃射衣架，感覺自己彷彿是閃亮三姊妹，被水晶燈投射在布面的珠飾亮片目眩神迷著，瞳孔閃爍著低調奢華的暖調性，霎時暖著我的心。

那是連續好幾日的急凍天氣，冷得讓人醒來就灰心。

那時我來到這家店的原因很簡單，單純想走進綴滿璀璨水晶的美麗空間，人多且燈亮之地，只因媽媽初初臥床，我還是病體世界的照顧新手，身心皆易失守，掉入傷心枯井，沉溺無方。

在浸滿苦愛的病房日久常感到一種腐朽氣息，為了開挖一條逃逸路線，於是我會像年輕時去漫遊街心，此最能去除病房的苦澀與沉寂，如是吸飽陽氣才好回到陰寒背光的苦地。

處在擠滿物質的空間，那些折扣戰或週年慶或出清跳樓價，瀰漫著活生生的人氣，四處有女人為了妝點色身，洋溢著戰鬥的激情，這讓我陪病母親的死寂時光有了些生之熱度。

這家時尚店華麗，瀰漫邊疆部落的風情，波希米亞的繽紛色彩。

上午時光我是個閒逛看貨的客人，這時因買衣飾而認識的櫃姐忽然說起我手上的戒指很特別。我隨口聊聊說這戒指上的圖案是雕飾著一座壇城，我想應該沒有太多人聽得懂我說的壇城是什麼意思。

沒想到本已認識但不熟的櫃姐眼睛一亮，彷彿遇到知音似的和我開始親切地攀談起來，然後我們開始聊起西藏印度的旅行種種，聊起生死書，語言如恆河流淌，竟是欲罷不能。

未久，她的一個好友竟不預期地來到店裡，嚷嚷著說今天是她的生日，她的朋友邀她一定要一起吃個飯好好慶祝。

她哀嘆地說，妳沒看到我得上班啊。

這時，我看著櫃姐竟吐出我自己也很訝異的話。我可以幫妳代班，如果妳想要去和朋友生日聚會的話。

我以為她不可能放下店不管吧，沒想到她聽了高興極了，簡直眼睛放光，直說真是太好了，我好久沒休假了。

她真的太想要放假了，竟直接把店丟給客人。是我看起來長著一張被信任的臉，還是這樣的信任建立在我本就是她認識的客人，電腦也有我的資料，但我想最重要的應該是她找到一個和她在信仰上走著同一個方向的人。那一天，我本來打算離開媽媽病房之後要去咖啡館寫點東西，一聽可以打工，心想與其在咖啡館花錢，還不如在美美的時尚店賺錢。

正牌櫃姐教我電腦收銀刷卡與印發票之後竟就放心地和朋友走了。

一個美麗的西藏戒指竟媒介了我一個打工機會。

後來我把這個蘊含著祈福圖騰的戒指轉贈給一個傷心失去至愛的朋友，我偶爾會思念起這個戒指，但更歡喜這戒指的美與力量安慰了一顆心。這戒指不在我的手指了，但卻也不曾失去。

就這樣，我當起了時尚服飾店的代班櫃姐。直到一年多之後，我又在某個機緣下在櫃位滿滿的百貨公司當起了輪班櫃姐。我想起了大學也曾在百貨公司週年慶或耶誕節前後當起花車小妹，短暫的流動花車，賣著各式各樣的促銷品，在耶誕飾品的一片紅海中微笑著。

我這個文青櫃姐遇到陌生人，彷彿開聊天室，專治充滿渴望的心血來潮，購物者背後的人生（身）解碼。

00002

野性暗號

稿費微薄，敬請見諒。

講費微薄，還請包涵。

我不需見諒也不需包涵，我五粒米就可折腰。最愛收現金，遇到簽領據也很開心。只是常記不得銀行帳號，也忘記對方是否有匯給我。

也許去高齡化的有錢人山莊幫腿差的老人遛狗，兼差賺錢還可運動，還可聽老人的故事找寫作素材？我想太多了。

就像有些畫廊的業務小姐不勤於賣畫，而是滿懷等待遇見有錢的收藏家也將她一起收藏起來，或者有些空姐幻想艙門變豪門。

我這個代班櫃姐經常遇到寂寞芳心的貴婦們，或臉上寫著無聊無趣的小三們，或戀愛中的女子，或純粹只愛裝扮的愛買族。

我不花言巧語，但會適時說貼心話。

櫃姐很能站，站櫃人生下班後返家，遇到的是老街區的暗巷站壁人生，從台北對岸過河來的討生女子，聲音比身體先老，嗓子都啞壞了。裝扮有著清楚的暗號，她們穿著緊身花衣，有著一身豹紋，猶如準備馴養欲望的野性。

我站櫃，她站壁。

雙腿很辛苦。

00003

收銀機

刷一聲結帳，買一件上萬元衣服不眨眼的婦人跟我多要了一個提袋，推開厚重的玻璃雕花鐵門，招手攔了輛計程車跳上去的背影讓我想著這婦人手中的衣服可以讓母親買好幾個月的亞培安素。

時尚精品櫥窗模特兒身穿可以餵養母親的衣飾，我的寫作腦頓時變數學腦，襯衫代換亞培安素，裙子換成包大人，包包換輪椅，鞋子換按摩床墊，圍巾換止痛劑。

我當櫃姐的日子，海馬迴盡是數字的跑馬燈。

女人們收藏著過剩的欲望，而我愉悅地聽著收銀機的開闔聲響。

數盲的我生平第一次這麼靠近數字。

00004

手工織羊毛衫

那時我經常在病房陪母親掉眼淚，在時尚店陪客人微笑。

貴婦與櫃姐，不交心，不交歡，只交貨與錢。

鱷魚皮蛇皮羊皮製成包包，走來了凱莉與小香。

亞馬遜似的百貨叢林正歡唱著週年慶，櫃姐們開始日日靜脈曲張。

一櫃之隔，合宜的距離，我閱讀臉譜也聆聽故事。

沒人知道站在櫃內的我是個提筆的臥底者，有著一雙觀察之眼。

彷彿我是剛剛離開寺廟的雲遊僧，彷彿我是田調社會的人類學研究者，正在進行一場又一場的服裝學與觀察女生的愛憎，她們為了一件美麗衣物而輾轉失眠，只有一早趕到櫃位，等待刷卡，解除懸念。

我應該是個消費狂，就在刷卡的那一刻，我買東西的欲望在那一刻竟就消失了，怎麼辦？沒買難過，買了也難過。她遞給我信用卡時，誠實地說著那種欲望消失的感覺，口氣如對神父告解般。

我心裡明白刷卡那一刻的奇怪感，又想要擁有，又不想要擁有，尤其是花辛苦賺來的錢，或者必須分期才消費得起時，快樂消失得特別快，繼之而起的是愧罪感。

於是我對她說，我明白這種刷卡瞬間，連物件都還沒到手，人還站在櫃位，快樂卻彷彿揮發一空的感覺。

她聽了眨著長長睫毛地望著我，彷彿快哭了，覺得被理解。

我笑著遞給她紙袋，遞給她戰利品，她卻如戰敗的士兵，沒有露出喜悅。這樣的表情告訴了我，她的經濟能力一定低於她購買這件物品的能力，至少必須斤斤計較收入的人，或者為預支信用卡而惴惴不安。

我說要對自己好一點，現在不穿漂亮衣服何時穿？

她說她就是對自己太好了。

如果沒有喜悅感就是對自己還不夠好。

她彷彿聽明白了，糾結的臉輕鬆了些。

橫豎買與不買都難過，那當然買啊，至少現在擁有。

就跟吃美食一樣，吃了又懊惱長胖，她還是有點無奈似的說著。

這完全不一樣，美食吃了會變垃圾，衣服卻至少陪妳一段時間，日後不喜歡還可以轉贈，何況妳買的衣服質料非常好，值得擁有。打扮很重要啊，香奈兒曾說過「我無法理解，一個女人怎麼能不打扮一下再出門，說不定那天是遇到命中注定的緣分之日。」

她終於笑了，喃喃重複著命中注定的緣分……

買了一件昂貴的手工織羊毛衫，她卻像是去諮詢要不要動手術似的掙扎著，這時我才想起這個客人至少來試穿這件衣服三次了。

別情緒內耗了，應該好好享受穿這件衣服的美麗。在她轉身前，我又安慰的補了一句。

這個我連電腦都還沒打開就跑來購物的女人頂著沒睡好的熊貓眼，一會兒開心一會兒失落，簡直像是談了一場戀愛似的竟是心情高低潮反覆。

我想，難怪平民化的衣服會誕生，因為就算是任性買或是誤買也不會心疼。

00005

雪紡洋裝

在沒客人上門的空檔時光，我在手機上寫著字：

在生離死別與煙視媚行的兩端。

滿目蕭索的荒野，血腥而孤寒。

攬鏡自照的光影，甜滋而喧譁。

青春與病老的兩岸互不通航，卻彼此指涉過去與未來。

生病也要美如燦麗之花，芙烈達・卡蘿，如傳說中的黃泉使者，擎起有如鮮血鋪成的天幕，火光照路，燦麗如春。

華麗不規則動物狂歡性感……竟曾是我年輕時為了性感而打扮的樣子，但我現在盡是灰黑白，儼然和過往的自己，已如隔世。

性感，於我從來都只是感性。從年輕時的緊身服飾到愛上毫不費力的鬆弛感。

寫到這一句時，忽聽得有客人晃著衣服揚聲問著，這件有小一點的嗎？

我放下手機抬頭望向客人，她穿著萊卡布料的緊身連身衣，塗著豔色眼影，感覺是有點年紀還在跑趴的人。

我跟她說吊在衣架上的都是目前最小的尺碼了。

她失望地放回衣服。

要不要先試穿看看？這件雪紡紗洋裝是熱賣款，很快就斷碼了。

一看就太大了。

試了才知道啊，反正都來了，試穿又不用錢，我笑說。其實我目測一下，她應該要穿這個尺碼，但她心裡可能排拒大尺碼。

她手抓著衣服，還在猶豫。我知道有的客人怕試穿了，會很難離開櫃位，有的櫃姐會給壞臉色。所以櫃姐要一直給笑臉，讓客人放心試穿真的不要有壓力。

這件衣服尺碼偏小，不要受制於尺碼，我有一次也不相信我穿某一款式的衣服竟要穿到L才適合，尤其是雪紡質料的，因為穿大一點才有飄逸感。

終於她去試穿了。

走出來照鏡子，我還沒開口，她就已露出滿意的表情了。

糾結穿小碼還是大碼的女人，無法接受已經要穿大尺碼的心情。

我說回去把尺碼標籤剪掉就好了。

好主意，眼不見為淨。她笑著說，我可能變胖了而不自知。

這件衣服的版型真的偏小，我又說了一次。

要怪的話要怪衣服做太小，不怪偷偷發胖的身體。

00006

老人卡

客人很可愛，竟秀出老人卡給我瞧瞧她的年紀。我知道這時候一定要出口驚呼，妳完全看不出來，怎麼可能已經有老人卡了。

對啊，已經進入半票人生。她把卡片收進皮夾時，還邊笑說著我生妳生得過。

她把我也看得太年輕了。

她手上的老人卡讓我想起愛美的母親卻把自己穿得老氣，提早變老，以為這樣就可以偷偷享用老人票。當年她還不知要成為老人是很快的，一點也不需要提早。

我跟客人分享我從客人變成櫃姐之後，逐漸治療了我的購買欲，打工治療了愛買病。身處兩端世界竟也治療了我對美醜的分別心，在單一顏色的病服與華麗刺繡的時尚店兩端遊走，一方面聞著酒精藥品與屎尿的醫院氣味，一方面聞著香水與布料的氣味。猶如美人即骷髏，骷髏即美人。

00007

包色

女人試穿魚尾裙時，沒有她的尺碼，查電腦還有，於是我說可以幫妳調貨喔。

女人說，那不用了，因為購物就是為了當下擁有，沒有就算了，有就是有緣，沒有就無緣。

我笑著說好，覺得女人購物頗禪意，和我有點相像。

女人又說喜歡合適的鞋子會包色，每一個顏色都買，因為腳容易筋膜炎，不容易找到喜歡又合適的鞋子，一旦找到就會多買，備著，免得以後斷碼斷貨。包色，有意思的雙關語。

女人又聊天似的隨意問我遇到什麼情況會多買同款的衣物？大概都是那種好穿到不行的基本款，或是隨意穿都好看的衣服。能隨意穿就好看的就會常穿，常穿容易折損，所以會多買一件。

我們好像在談擇偶似的。

00008

34碼42碼

代班櫃姐當久了，我的眼睛彷彿長出了一把尺。

在捷運在路上，望著和我錯身的人，瞳孔映著人們的身形比例，腦子常閃過：裙子太短、褲子太長、顏色太花、袋子太大、外套太寬、上身太緊、鞋跟太高、腰線太低、質料太重、內搭太薄、露得太多……遇到穿得舒服且好看的，也會不禁多看幾眼在這城市移動的美麗風景。

這把尺也自動掃描每個進來客人所屬的身形，目測著眼前人的身形是正三角形直筒形倒三角形○形╳形。眼睛彷彿成了水果拼盤，倒映著梨形草莓形蘋果形葫蘆形等各種身貌。

穿34碼的女人一進來就嚷著說，我穿最小號的喔，帶著自信的口吻。

我拿了大一點的給她試（因為有些衣服穿大一碼比較好看），她閃過一絲不悅，以為我覺得她胖。其實她已經瘦成一道閃電，但她還是直嚷著臀部太大，手臂太壯，腰線太粗。

沒有她要的尺碼，我查電腦還有，說可以幫妳調貨喔（有時這句話一天要說好幾次）。

女人回說，不用了，不喜歡等待，衣服太多，沒有就算了。

我笑著說好，覺得她是經常購物的人，因身材好，容易買衣，擁有太多，只為當下開心。

這個穿42碼的女人進來時聲音低低地說，我穿最大碼的。聲音躲藏著長期被流行集體審美框架的眼光所逐漸削弱的自信。

見我拿了白色的要她試試，她忙嚷著說白色顯胖啊（其實黑色也不一定顯瘦，穿錯反而老遠就看見一座大黑山在移動）。我跟她說，這面料有垂墜感，款式不貼身，且很適合妳的溫柔氣質。

她試穿果然合適且好看，她很高興終於穿回了她自變胖以來就不曾再穿的淺色系衣服。她買了同款兩件，說因不易購衣，多買件備著。

於是，穿34碼的女人空手離開我的眼前，不易買衣的穿42碼的女人拎著一袋衣服離去。

XS和XL是屬於衣服量少的一端，36和38是生產端製量較多的尺碼，時裝專櫃吊桿掛的多是中尺碼，以方便客人試衣，而櫥窗塑膠模特兒身上多半穿最小或最大碼，免得櫃姐要一直換上換下。

符號學大師羅蘭．巴特最能解構時裝體系的流行神話。他在《流行體系》認為描述服裝尺碼的「長短／寬窄／厚薄／大小」是抽象而不夠絕對的語彙。

身體有其空間，尺碼無法描述氣場與氣質。

穿42碼的女人，願意嘗試，破解了身體的局限。

她說，下回要穿白色衣服來找我時，我彷彿聽見窗外下雪的美麗聲音。

自信沒有尺碼，只有深度與態度。櫃姐看盡大千人生，彷彿也成了哲學家。

00009

白襯衫

每個進來的女人多少都會嫌棄自己的身體，屁股大骨盆寬，手粗腿肥。

如果去醫院就再也不會嫌棄自己的身體了，我想著。

客人要我推薦適合她的衣服。我建議她試穿襯衫，人人都應有一件穿起來舒服且好看的襯衫。

襯衫不顯齡不挑身材。

我看客人有點虎背熊腰，穿的衣服材質有彈性，因而擠出幾道如輪胎的肉肉。

我不能穿白襯衫，我超會弄髒的，她忙搖頭拒絕。

我以前也這麼想，其實白襯衫最好處理了，我解釋著如何洗白襯衫，心想我這個不持家的人竟然也教人如何洗衣服了。

白襯衫其實很適合妳的氣質，我感覺她像是一個老師。

沒能嘗試白襯衫的她仍選回了她習慣穿的暗色系窄版衣服，人要改變固定穿著原來也不是一件容易的事。

00010

嫌貨人

我臉皮超薄，推進一扇門容易，要離開一扇門卻有點難。

當不好意思離開時，就會給櫃姐一些理由，比如說你們幾點關？我先去別的地方晚點再來，或者沒有很喜歡也沒有不喜歡，且價格也合宜時，也多半會買了。

或者會說和人有約，快遲到了，晚點再來逛逛，或者說今天還沒看到滿意的，改天再來，或者說今天沒帶信用卡出門……

這理由很瞎。

櫃姐多半說，我先幫妳留下來呢，這款賣得很快，也許明天就沒了。

總之，我不能推開一扇門，不能在一個櫃位駐足太久，我是母親口中的好客。母親總說，擺臭臉是她的事，要不要買是我們的事。

當了櫃姐才知道，其實櫃姐並不在意，因為會讓櫃姐從櫃位走出來都是早已觀察過了，那些反覆看一個東西良久的人，反覆問很多問題的人，多半都是真要買的人。

嫌貨人才是買貨人。

00011

被留在原地的新娘禮服

遇到一個客人直衝衝往我走來，劈頭嚷著說，小姐，我要拿我修改的衣服。

請問妳的名字？何時送來修改的？我照著店長的吩咐問著眼前這個年輕女生。

哪裡知道女生竟說是兩年前修改的衣服。

兩年？我聽了嚇一跳，沒聽過修改衣服可以被放這麼久的，簡直直接被遺忘的衣服，就像是買了未穿就被刷退的東西。兩年前的身材和現在還能維持一樣？這麼久的衣服哪裡還能找到？果然，問了正牌櫃姐可可，可可在電話尖聲說，兩年前的衣服早就回收了吧。

這是一間名設計師服飾店，有人買下昂貴且費心想修改成合身的衣服，竟可以完全忘了它的存在？是已經不愛這件衣服，還是太多衣物而忘了？我想起有些人的感情太多時，總是少了珍惜。

但也可能是發生了大事而來不及取走？就像瑞蒙．卡佛小說那個父母無法再去取回訂製的蛋糕，因為要被慶生的孩子已然死去。這對喪子不久的夫婦卻接到不明電話問著：「你是不是忘了斯科蒂？」（陌生電話那頭竟吐出了讓他們心疼的名字，死去孩子的名字。）原來是糕餅店的人來電提醒記得要來取蛋糕。這讓我想到學生時代也曾扮演過打電話通知客人的角色，那是我生平最驚嚇的電話。那時我在婚紗街打工，老闆某天要我打電話給一個客戶，提醒她來取走修改好的新娘禮服。接電話的女人聲音哀啞，緩慢地說，她已經過世了。我想這是一個傷心的母親，我不知該說什麼，也不會說安慰人的話，末了只聽得電話那頭傳來嘟嘟嘟的聲響。

來不及取走的新娘禮服，沒了新娘。

母親過世後，我也接到藥局來電要我去取母親的藥包，當我說母親已經過世時，電話那頭停頓了一下，很快地這個我看了好幾年的藥局藥師助理小妹突然說，請妳節哀。

合宜的話，適合結束。就像火葬場的工作人員來電問我是否滿意殯儀館的服務時，最後竟也說了句：請節哀。

有個朋友過世後，家人還陸續收到她到處網購的郵包，再次召喚，另類的睹物思人。辭世者不知是否也會懸念這些被留在人間的物件？

女生心裡也有底了，她聳聳肩說算了，我也只是問問，想應該早被回收了。

櫃姐當久了，也會變成客人傾吐心情的對象。

故事碎片到處等著刺進我的耳膜。

這個看起來年輕的女生在櫃檯沒有要離去的樣子，接著她說，其實那件衣服我不是忘了取，是送這件衣服的男友突然過世，我只要看見這件衣服就會想起那天竟是他的最後一日時就會很痛苦，所以一直沒來拿。

那現在為何可以來拿了？

因為我已放下他了，有了新男友。

我用理解的溫暖目光看著她說，那就看別的呢？兩年沒來，有好多可以看看。

她環顧店裡幾眼說，我胖了一圈，應該很難買衣服了。我熱心地挑了幾件不挑身形又顏色療癒的給她試試，她說都很適合，她買了幾件。

遞給她包好的衣服時，我微笑說希望妳往後的感情長久且都是適合妳的，要穿美一點，這也是無形的施予，犒賞別人的眼睛啊。

她笑了，臉上那種因過早失去而染上的憂容消失。
下次我再來找妳買。
我說好啊。心裡卻想和不定時的代班櫃姐說下次，有點像是在盲約。
看著女生轉身的背影，我想她的人生已在更新了。
懸念已了。

00012

失效的吊牌

下午一個女人拿著已經買了一年多的衣服說要換。
看你們能怎麼處理，吊牌和貨號都在。
問題是已經一年了。心想真是什麼人都有。
公司規定七天內才可換貨。
七天?!婦人的音量刮著我的耳膜，彷彿第一次聽到上帝創造世界的七天。

00013

大女人的小可愛

這段時間賣得最好的商品是相對於主商品便宜甚多的配飾配件，或者內搭的小可愛或者襪子等，我知道應該是最近景氣低迷了。

奢昂的服飾專櫃其生意和股票的高低有關。

服飾店內搭的小可愛就像化妝品的口紅。

一個看起來頗霸氣的大女人看盡了所有主商品，最後只結帳了三件小可愛，她說著已經有非常多顏色的小可愛，但看到了還是會忍不住買。價位讓人沒有壓力，且百搭。

我笑著說，對啊，小可愛真的很可愛，作為內襯，可以任意搭配襯衫或外套，改變內搭顏色就像換了衣服組合。

小可愛猶如口紅，在沒有化妝時，簡單塗個口紅都很顯氣色。

化妝品市場有個潛規則，據說口紅賣得好有時背後代表的是景氣差。因為當人們縮減消費高價位的欲望時，取而代之的會是小東西與平價品。

但我自己的經驗是口紅買得起，買錯率卻頗高。尤其是開架式口紅，因為沒有直接試搽唇上，即使在百貨櫃位買，但因百貨公司的燈光總是亮澄澄的，燈光強烈下人都顯美了，但一走到自然光下，卻未必顏色適合。

為此我喜歡買潤色的護唇膏，我是護唇膏控。

小可愛有時也不可愛，小可愛的問題不是價錢也不是顏色，而是尺碼。因為內搭衣多半不給試穿，回家一試，太小勒胸，太大露胸，而內襯又多半也不能換。

但買大還是比較保險，穿了舒服。於是結帳前我建議大女人挑大一號的尺碼。

她在胸前又比了比，確信應該可以，她說若太大拿去修改就很不划算。

我示範如何將小可愛反過來，然後在腋下縫幾下就可以，因為小可愛太大通常都是腋下太鬆而露出腋下副乳。

她笑著說她手殘，但很感謝我這麼細心。

過不了多久，大女人又來了，仍然是只買小可愛，這回選大一號尺碼。且把買了小號的小可愛硬是要送給我，說她只試穿其中一件，根本是新的。

真該聽妳的，勒胸很不舒服呢，沒想到這個材質比較貼身。

為此，我有了三件小可愛。

客人真可愛。

00014

制服

櫃姐經常要穿制服，或會被要求得穿櫃位品牌的衣服。

穿制服是為了彰顯同屬一個團體，或者一種身分的認同。制服在腦海裡迅速連結印象，甚至成為代號，比如「紫衣人」「小綠綠」。

有時穿制服還是一種榮耀，所以我們常看到下課或假日可以不用穿制服的明星學校學生，依然穿著制服趴趴走，相反，如果是讀普通學校的學生，可能恨不得趕緊脫下來好解脫束縛。

明星學校制服也因為太顯眼了，有的人並不喜歡這種被注目的光環。有個以前高中念建中的朋友說他出校門時都是把外套反穿，我笑說這不是此地無銀三百兩嗎，反而更受注目了。他說十七歲少年哪想那麼多。

我是非常害怕穿制服的人，即使只是三兩好友在某種場合刻意穿一樣的衣服以表認同之舉都讓我害怕，或者團體要穿制服也很抗拒。有個朋友就因為這樣沒去某大學教書，因為這所大學竟規定老師要穿制服（反而學生不用穿制服）。我曾經應邀去這所大學的文學講座，可能腦筋也被受制了，當我說到小說家米蘭·昆德拉曾說：「要讓小說終止在道德的花園之前，小說唯一的道德是發現。」這句話就被卡在喉嚨了。

制服方便管理，如穿囚衣、病服，但很多商業機構管理員工也得穿制服，尤其是醫院、工廠或者櫃檯人員，這倒是可以理解與接受，畢竟櫃檯是服務為主，視覺上也方便判讀櫃檯的內與外。母親之前住院時，便服再也無法穿了，有時候打開她的衣櫃，幫她整理衣物時，心裡一陣唏噓。母親也是最討厭制服的人，她對集體施加於人的制約都很不認同，且認為制服都是強加於個體的制約。

因此我剛上小一時，是在學校最後的通牒下，才換上制服。

我記得當時常穿去學校的那件紅洋裝是有一回母親心情大好時在百貨公司買的，質料柔軟，顏色彩亮。我像是一顆紅蘋果，杵在一群穿著白衣藍裙的綿羊裡，張揚著奇異的姿態。

不知道媽媽當年遲遲不幫我買學生制服的原因是為什麼，她曾找藉口說太忙才沒時間買，但我想她應該很滿意她特意挑給我的可愛紅洋裝吧，她覺得小女孩穿洋裝好看，制服總是死氣沉沉。其實她不願意多花錢，最後當然妥協買了制服，但後來還要再買體育服她就不肯了，覺得學校都是假立名目要家長花錢。

其結果就是讓我不敢（不愛）上體育課，總是佯裝生病而留在教室。

以前家裡有一台縫紉機，我最喜歡在寫功課的時候，看著母親踩踏著縫紉機的背影，布料在她手中滑出美麗的線條。

陽光下花布如一座花園。

難怪我們都不愛穿制服。

00015

美魔女

進來一個近乎模特兒身材的美麗女生，帶點得意地說她快五十歲了，兒子已十七歲。我問女人的老公呢，女人竟回說死了。

哦，是發生什麼事嗎？我的意思是怎麼了，用關懷的語氣。

女人又說死了就死了啊。

有這麼談死亡的，我的小說嗅覺告訴我這就像電視劇的台詞，女人說死了就死了，死只是一個口語化的指涉，就像說死鬼、夭壽之類的。這女生如此輕佻地吐出老公死了，是指老公在她的心中早死了，而不是真正的死。

原來死亡有時候比活著更好。

果然女人喃喃自語，從來不知道老公晚上死去哪裡？

美麗仍沒能留住老公的心，但至少她留住自己的心。

她出入試衣間，彷彿把這裡當伸展台。

而我也樂於欣賞美麗。

00016

數字觀

我忽然明白為何母親買東西往往下不了手，不是東挑西揀就是討價還價。因為她有多年的時光是在賣東西，在市場裡論斤計兩時，就在她的個性裡養成了對數字的感受，在市場都是她讓別人掏錢，因此當換成她要掏錢時，她是多麼謹慎與百般計較啊。

童年在市場時，攤販要從母親身上賺到幾塊錢總是要費些勁的。母親絕無爽快就把錢交出來的，甚至搭計程車也是擔心被司機多繞路了，快跳表時往往急速喊停，深恐多付五塊十塊錢的。

她從少女時代就是在五塊十塊所堆積起來的世界。

我常想如果母親做的生意是珠寶、銀樓，那她的數字起跳就會是五萬十萬的，就不會如此窮酸地對數字斤斤計較了。但她的女兒卻接續了她的數字世界，稿費一字五元、十元竟近乎天價了。

00017

包包控與包大人

隨著年齡愈大，包包是愈揹愈小了，肩膀有著不可承受之重。

以前每日出門總是揹著一個過大的包包，手機、手提電腦、書本、化妝包、圍巾、環保餐具、保溫瓶、維他命補充劑……帶來帶去，它們其實常原封不動，好像只是帶著安心。大包包像一顆心，記憶繁多卻常被塵封角落。

不過雖無名牌包欲，我以前也算是包包控，喜歡有創意的各種包包，從手提到雙肩，從帆布包到皮包。包包是女人性格凹進與容納的象徵，男人卻是少包，最多是一個公事電腦包。男人習慣皮夾往口袋放，筆往襯衫口袋擱，至於化妝盒與環保筷，他們可沒女人家那麼麻煩瑣碎。

但男人常買包送女人，因為女人愛包包，且女人也渴望以各種姿態被「包」起來。

男人多半一生就那麼幾個公事包或雙肩包，女人卻包山包海，彷彿包治百病。

曾有雜誌採訪時問過我，我是包包控還是鞋子控？

我當時回答包包控。這個病症，直到被臥床母親的「包大人」提醒了色身之無常，才逐漸治好了此症。

00018

肉包與素包

據說從使用包款與顏色可看出女生是屬帥性可愛或氣質精緻等性格。大包小包，象徵女人性格的凹陷與外顯，實用主義或是顯擺的。

以前我幾乎出門都揹著大包包，像是揹一塊巨磚般的沉甸甸，看起來隨時都要天涯海角出走似的。有雜誌報導女人的包裡裝什麼的專題，有一回突襲訪問我，我打開包包後，裡面裝著一罐保心安油，好像大家見狀都會心一笑了，這像是老太太才會帶的東西。

揹著大包包出門，看起來像是照顧嬰兒必得使用的媽媽包。直到肩頸受傷，才換成小包，或外加輕托特包，裝書、雨傘、眼鏡等必用小物。換上小包，因空間受限，輕盈而不雜亂。

現在一支手機就可出門，小包廢包紛紛出籠。

這一天，一個打扮貴氣的太太要看架上包包，我拿下來給她，她像是檢查員般地看著每個縫線。接著她嫌鐵釦生鏽，我笑說那是復古做舊喔。她又嫌袋子不夠大，且嫌皮看起來像假的。

她問這是鱷魚皮嗎？我腦海突然冒出亞馬遜叢林。

不是喔，這只是壓印成鱷魚皮的紋路，我笑答著。

最後她用手機拍，說是給朋友看看，問朋友覺得好不好看。然後又說，她家裡有個比店家還大的櫃子，擺著許多名牌包，但她都沒有揹，說拿來拿去還是那幾個包，但不知為何就是會想買別的包。

她東想西想，接著嫌櫃內水晶燈太暗，於是將包帶去燈亮處，反覆看了又看，像是鑑定師似的神情。

於是我很真誠地對她說，如果買了不用，最好不要買耶。

不意這話卻更刺激她想買的欲望，她問這是最後一個嗎？

我用肯定的口吻說，是的，最後一個，限量絕版款。

是真皮的嗎？

是的，真的。

女人一聽就帶走了它。

還有個女人是將櫃內的每個包都問過一回：這個包是真皮的嗎？

我說是的，都是百分百羊皮或牛皮的。

她又拎了幾個包問是真皮做的嗎？

我說是喔，加強語氣又說了一次包包都是百分百羊皮或牛皮訂製的喔（我經常一句話的尾音要上揚，或多加個喔，以增親切感）。

女人卻搖頭喃喃說著，好可惜，很漂亮，但我吃素。

吃素和買包有關？原來，她要仿皮的，ＰＵ的。

皮革也分葷素。

吃素的女人只買素包。

素皮革，新環保材質，也是我愛用的。

但不知為何我的腦海卻閃過供品上的素雞素鴨，或者現在流行的植物肉，葷素的字詞同在一起，彷彿字也流行撞色。

00019

真心換假包

每個人對物的迷戀各有所執。

我的書房就是我最大的資產，多年下來花在買書的錢驚人，曾送走快一百箱的書。有一回一個年輕水電工來屋內修繕，看到我整牆的書，乍然如見四面佛似的肅然起敬起來，接著他以一種迷惑的眼神盯著書牆瞧著，突然他問，這些書妳每一本都有看啊？

問得真好，確實有的只是翻一翻，看一看，但就是超愛買書。

那個水電工說，這些書不認識我，我也不認識書，我只認識電動。

下工後的水電工喜歡打遊戲。他難以理解我花錢買書，就像我們難以理解有人花高昂價格就只為買一個包。

每個人都有罩門，各有所「控」，各有未竟懸念。

有一回去部落，看見幾個在聊天的老婆婆，她們身上竟掛著名牌包，有趣的是名牌包裡裝的卻是香菸檳榔，彷彿名牌包和塑膠袋一樣，簡直做到無分別心的境界了。我看老阿嬤用名牌包包裝檳榔，這是我看過使用名牌包最自在最有意思的可愛模樣。

後來部落人告訴我，那是城市貴婦救災送來的物資，這些物資對他們根本沒用。分到包包的老婆婆說她想分到米糧。

換個地方，包包的價值是兩個世界。

看一個人的包包可以看出生活的延伸。

比如部落阿嬤在包包裡裝檳榔，名牌包於她就像是一個塑膠袋般。

我也曾在西藏旅行時和一個朝聖者交換包包，我喜歡她用舊的編織布包，她喜歡我耐用的雙肩背包。

物件賦予使用者意義，使用者也賦予物件意義。比如有的是拿來顯擺，有的是為了裝物，有的是為了搭配，有的是為了方便。我覺得這都好，各有所需。

但經典永遠是經典，日久已成符碼。比如香奈兒風，有如是文學的蘿莉塔，不斷有衍生品的跟風潮。許多平（低）價流行物，經常從經典變身與改造，有的甚至擺明對經典的拷貝，而消費者也是一看就知是擬仿的，或是改造的。

只要知道這就無妨，但若不知道可就麻煩了。

我曾在我的小說《短歌行》末尾寫年輕的鍾小娜有天缺錢，於是將前男友送的名牌包上網拍賣，和客人相約捷運站取貨。哪裡知道客人竟是便衣女警，她當下驚愕，才知前男友送的竟是仿冒包。她欲哭無淚，最後在看守所蹲了一晚。哪裡知道不僅感情是贗品，連送的包包也是贗品。小說是為了以鍾小娜身處的逸樂年代，以此對比她祖父輩的理想年代（坐牢是因為政治理念）。鍾小娜心痛的是仿冒包還是心疼自己曾對那段感情的付出？

真心換假包。

一個包，分屬不同世界，卻無意間帶出了回憶的生動形象。

貴婦讀文字

要分期嗎？

我基於工作必須如此問客人。

有的客人聽了會臉色流露不悅，彷彿說著：我看起來是需要動用到刷卡分期的人嗎？有的則沉思一下說，好啊，反正免息。

常聽聞女孩如何省吃儉用分期買名牌包包，或如何因男人送名牌包包而委身於一段感情。有些女人寧可穿普通些的衣服，但手裡至少揣個名牌包包。當然有不少知青最怕那種外殼印滿 Logo 的包，覺得俗。

我自己並沒有名牌包包，最靠近名牌世界是有幾年帶過一個貴婦寫作班，等待學員到齊的時間，我豎耳聽她們聊天的內容不外是名牌包與名錶，等到我上課時，我吐出了卡夫卡、莒哈絲等文學家時，我感到自己是如此地不合時宜。

她們聽過卡地亞，沒聽過卡夫卡；她們聽過哈士奇，沒聽過莒哈絲。

但上了一年之後，我收到好幾個名牌包，她們刻意挑過的經典款、低調款的，還很真心地要我收下，說是幫她們用，不然美麗的包包很寂寞。上了一年的文學課，她們也都很文學心了。

我想像她們的衣櫥裡被清空了些位置，等待入主新包款時，我就笑著收下了。貴婦班後來持續了些年，名牌包被我用得很隨意，裡面必定有書和筆，有的筆墨還沾染到內裡或皮革。我彷彿是當年去部落時看到的老婆婆將名牌包拿來裝檳榔與香菸般。

包就是包，是要拿來用的。

00021

拖地的褲裙

年輕女人看我在櫃檯看書，很訝異。

彷彿我是瀕臨絕種的稀有動物。

喜歡讀書的人，也可以很美麗；看起來美麗的人，當然也可以很聰明。我們經常把女人分為聰明與美麗兩種，其實是可以融合在一起的，只是因為我們對美麗的定義太過制式化與表面化，甚且是以男人的眼光來定義女人的美，使得美麗長成一種樣子，否則每個人都應該可以展現出自己獨特的美麗人生。

實情是我們眼中的美，仍然被流行的集體眼光制約。

妳在看什麼書？

抵擋太平洋的防波堤。
她搖頭笑說好怪的書名。
現在書名有的都取好長，我聊天般地說著。
她笑著說，就像現在長褲長裙都流行穿到拖地。

00022

柏金包

納博科夫的小說《*Lolita*》讓「蘿莉塔」就此成了「小女孩」的代名詞。
國中上英文課時也要取英文名字，老師問我想取什麼名字啊？
我小聲地說 Lolita，老師搖頭笑說妳小說看太多啊。接著我說 Wendy，老師又搖頭說換一個，妳不是臉上冒著雀斑的那種鄉村可愛女孩。
我還以為老師會說妳長得不像溫蒂漢堡（這曾是一家有名的漢堡連鎖店）。
時尚界更是一個充滿代碼的世界。
我買包並無名牌癖，比較在意當時使用的狀態。

頂級名牌自然也成了時尚符碼，比如黛妃包、凱莉包、柏金包。

二〇二三年在巴黎辭世的珍·柏金（Jane Birkin），柏金包取其名，如恆星閃閃發亮。但我知道她是因為在大學時負責電影選片，有一回選了著名的《春光乍現》（*Blow-up*），這部電影有兩個迷人的女人，一個是珍·柏金，一個是碧姬·芭杜。

那時我就很喜歡珍·柏金帶著一種如霧般的迷濛感，還曾在宿舍貼過從時尚雜誌裁下來的黑白影像照，她那渾身散發自在的迷人模樣吸引著我，灑脫中帶著點性感，洋溢著自由又放任的美，鬆弛有致。她出生英國卻被視為法國時尚偶像，兼具法式浪漫迷炫又有英式的硬派氣場。

她的長長直髮與劉海，也是我喜歡的造型。每一張照片都是笑的，且笑起來門牙有縫也不整補。她說缺乏自信是不可能有品味的。她又說誰要簡單的人生？那樣很無趣。想想這兩句話就能讓時時紛亂沓至的生活得到紓解，不論繁複，就成為自己自在的樣子吧。

珍·柏金用包已到格物致知的極致，包有貓咬痕，且一用經年，她說一個包就夠了。她喜用大包，隨興可抓物丟入，不煩惱，不換包。她的時間不花在物上，而是花在讓人生豐美上。她有著法式風格，一種看起來毫不費力的鬆弛感，但她不刻意打扮卻也不會素顏出門。我很喜歡她一直使用的那只大黑色柏金包外皮還貼著翁山蘇姬的照片。

為了向她致意，以前就老想擁有一個黑色大包款（重點當然必須品質好且價格理想）。但一直都沒有遇過類似的，直到多年前去義大利旅行，在民宿附近邂逅一位皮革老職人師傅，他手作的大包縫線極其車工完美，多年使用下來也完全不會走樣。

為此，我現在若出門想要把電腦書本筆盒化妝包外套水壺雨傘隨意裝進黑色大包時，就會想起義大利的旅次。每天在小巷子穿梭，閒晃一陣之後，會繞去某間百年老店後方的小鋪子，去探望訂製款的皮包進度，跟老師傅比手畫腳聊著天，一起喝卡布奇諾，談台灣問題，談義大利人的感情觀。

此後，每一回揹著這個訂製款手作大包，我會提醒自己記得微笑。

因為真正的底蘊是柏金那如烏雲散去的笑容，自在隨意卻又藏著細節的裝扮。於是，柏金不只是柏金包，更多是她生活所行所言與其思想的一切。

我非常喜歡她後來要求愛馬仕將其名去除，以此強烈抗議鱷魚為人之欲的虐殺，這真是太有底氣了。

我看她包包的吊飾經常掛有木質念珠，真是佛心來著。

天花板級物品我們極難（卻也未必需要）觸及，但天花板級的人生卻值得嘗試，試著跳得更高更遠，更豐饒。

跳得更靠近自己，成為自己喜歡的樣子。

00023

冷色系與暖色系

如果走氣質路線，那麼衣服顏色以不超過三色為原則，配色其實要經過學習，就像色彩學。配得好顏色相得益彰，配不好顏色互相刺眼。

女客人說佛菩薩對她的求救都沒反應，女人的嗓子極粗啞，聽那聲音幾乎可以感覺以前的工作需要耗費大量的唇舌，又像是因為經常必須公關，因而被菸燻壞或被酒精刺傷的嗓子。

她高眺卻眉眼滄桑，年輕時應是豔麗之花，但還不到中年就枯萎了。

我建議她穿單色的衣服。妳其實可以嘗試穿單色衣服，因為穿花衣會搶走妳的美，妳的五官深邃。其實我真實的話是要說這樣可以降低妳的枯萎感。

她試穿了件水藍色的衣服，她走出試衣間，感覺整個人像是被澆了水，整個人水亮了起來。

原來我適合水藍色，她一直都穿花花綠綠的衣服。

妳皮膚白，很適合冷色系，且妳穿單色比花色好看，我順便挑了些銀飾品讓她試戴，建議她換掉金屬系的飾品。

後來她把所有的水藍色系衣服都試了遍，買了我建議的飾品，一副要改頭換面的心意已決。

00024

讓人快樂的零食

從櫃姐回到看護工。

這時我總會回到我的解壓快樂零食。

往嘴巴丟蠶豆酥或炸物，不健康卻解憂。

解壓後，就可以很有耐性地當起媽媽的看護工。我邊餵著媽媽名為優閒的抗癲癇。磨著蜜妥斯，治糖尿病藥。藥名都美，如百憂不解的百憂解。就像毒品也是，如緬甸的豎琴。

那些年母親用不上的復健器材在靠海的病房逐漸鏽蝕。

病房已成一座荒涼遊樂園。

而房外的物質世界，一季過一季，殘酷地淘汰，等不及荒涼，更不可能鏽蝕。

00025

帽子的選擇

年輕女生選棒球帽，有點年紀的女人多半選漁夫帽。

還有一種帽子竟被稱為癌友帽，短髮者絕不戴，長髮者因露出頭髮倒是有不少人買，並不覺得違和。

我以前也戴漁夫帽，但若加上口罩，竟被當時的男友說我這種打扮很像公娼，我說你這說詞很詆毀喔。但雖然話頂回去，卻也改戴棒球帽。但戴了一陣棒球帽卻又開始留意起有沒有好看的漁夫帽了，因為棒球帽雖然戴起來顯得減齡又好看，但戴上卻會壓出髮痕，除非一直都不脫帽。

漁夫帽帽簷寬鬆，不壓髮痕。我發現問題不在漁夫帽，而是要買時尚設計感的才不會顯老，因為愈來愈多上年紀的人也都戴起漁夫帽，為了避免和老人撞帽，就要特別挑選設計款。

很多有年紀者戴帽子是因為不露出白髮，為了健康而不染髮。

因而最近帽子賣得不錯，銀髮族的消費力如海嘯來襲。

00026

保溫瓶

退休的女人多半來這裡買衣服都是為了參加宴會。

她們可能穿著運動服，剛慢跑或登郊山活動結束。

她們也多半是會帶保溫瓶出門的人。

包包裡的內容物大概可以知道這個人的身體狀況，甚至可透露年紀與性格。我的包包裡面必放萬金油、頭痛藥。

年輕女生就一個小包，裡面只有手機與口紅粉餅。

後來，我也開始帶保溫瓶了。

當我從包包裡取出保溫瓶旋轉開口準備喝水時，卻見旁邊的年輕男女生一邊喝著珍珠奶茶一邊嬉鬧著，頓時我覺得我手上的保溫瓶好像一個很脆弱的老靈魂，得小心翼翼地喝著，免得燙口。

不知何時包包裡開始裝起保溫瓶，溫水成了上路的解渴品。保溫瓶象徵一種姿態：環保、養身。尤其開始使用什麼SUS316不鏽鋼製品，耐酸鹼、抗腐蝕，具保溫、保冷、防溢口的保溫瓶。彷彿還是不久前似的光陰，搭公共運輸交通工具時還會嘲笑中老年人的背包配備，自己突然也成了其中一員。中老年人的包包裡幾乎人人一只保溫瓶，因為脆弱的身體再也禁不起各種飲料的刺激。

列隊加入保溫瓶人生之後，除了熱茶熱咖啡之外，幾乎所有飲料都成了絕緣品。偶爾參加活動對方準備的飲料也必然提醒無糖或微糖。時間改變物質的物性，以前我根本是不喝白開水的人，點飲料聽到有人點增壽紅茶時，心裡還暗地偷笑，這是什麼鬼飲料啊。

當然現在保溫瓶已成了各種年齡的愛用品，不再是最初的養身觀念，環保觀念更走在前頭。因此保溫瓶突然也像環保帆布袋，常常成了贈品。保溫瓶不嫌多，咖啡和水必須分開裝，味道才不會混搭。於是每個人都有好幾個保溫瓶，尤其在咖啡館推陳出新之下，保溫瓶的外觀更成了都會人士的時尚流行表徵。母親那個年代所愛的日系保溫瓶，仍是我對保溫瓶保有的最原初的樣子。

母親的保溫瓶時間則可推得更早，那時叫熱水瓶。內膽還是玻璃的熱水瓶，鐵皮或塑料的外殼，蓋子有軟木塞。冬日夜晚轉開瓶蓋，冒出一股熱氣，熱氣散開，見到母親微笑的臉。那大概是對保溫瓶最美好的童年印象。

我不知道掉過多少個保溫瓶，開會掉現場，搭車掉車上，買菜掉菜攤，不知道有人敢用別人的保溫瓶嗎？但撿到保溫瓶若不用，那它還能做什麼？

最初許多人到咖啡館用自備保溫瓶除了可省五元、十元外，多半基於衛生或環保理由。但我看我的很多男性朋友出門仍不帶保溫瓶，有幾個人且堅持不養身，照樣喝甜得要死的飲料，一樣吃得肥肥而不改其志。我的幾個香港朋友更是從小喝可樂長大，吃飯配汽水，聊天喝汽水。就像小時候參加喜宴，汽水填得飽飽，人生恍然無憂。

在他們面前，拿出老款保溫瓶，嘿，有人笑了。

00027

打折與過季品

進來的女人，也不看衣服樣式有沒有喜歡的，只一逕地問著打幾折？
好像只要折數夠低她都會買。
每一件折數都不一樣喔，我說。
或者也有一進來就一直問這是春夏新款嗎？也沒在認真看樣式喜歡與否。
妳手上這件是上一季的舊款。
是喔，舊款還這麼貴，她嚷嚷著，但她的手一直沒有停止撥動衣架。

00028

蝴蝶袖與燈籠袖

進來店裡的女人姿態都不同。
從姿態我就知道要介紹她們什麼款式與顏色了。
每個人的身體姿態和裝扮其實都在透露訊息，我們用什麼姿態走路或打扮就是希望別人怎麼注意我們。

集體流行目光也會決定人的樣子。

有沒有穿起來顯瘦的？

顯瘦絕對是關鍵字。

女人一直問我這件穿起來會很胖嗎？（她已經看起來營養不良，瘦到像竹竿了，仍喊著胖。）

這時櫃姐都會說，妳這樣叫胖，那我不肥死了。

熟女問的問題都差不多。要穿起來顯年輕顯瘦。

所有的女人都嫌自己胖。

從臉龐手肘背膀胸脯腰部臀圍大腿小腿……一路嫌下來，其中以蝴蝶袖、腰臀、大小腿為重要的「主嫌」區。

對一直嫌著自己有蝴蝶袖的女人，我為她挑了件燈籠袖衣服。

燈籠袖總能罩住胖胖的蝴蝶。

00029

魔鏡

店裡的美炫水晶燈與鬆軟沙發讓女人擱淺。

美麗的空間讓人置身迷幻，瞬間迷航迷失在欲望的情調中。

魔鏡如催眠。

我們都有個經驗是在店裡看很美，買回家卻覺得沒那麼美，究竟是空間導致的錯覺，還是擁有之後欲望被滿足而產生的快樂遞減？

鏡子與燈光是櫃位最重要的幻覺物，尤其燈光，都是採用讓人有柔膚效果的暖色系燈光。水晶燈下的自己變得如水中月，光影暖濛，折射光芒，讓人忘了自我真正的長相，就像美肌相機。

店裡的鏡子且擺成斜角，可拉長身影，人變美，但錢也變薄了。

00030

雨客

一整天下來，只有四個人進來店裡，其中有一個還是來借廁所的。

或者因為下雨，濕冷讓人難受。

就像生病，沒有欲望，懶得出門，不想打扮。

00031

調色盤

《紅樓夢》十二金釵，以薛寶釵最能顯現一種不刻意打扮的精緻與奢華，因為她的奢華是不顯眼的低調。而林黛玉則是最難描述的，因為薛寶釵或者像王熙鳳等人都是比較靠近現實面的人物，比較容易具象形容。

林黛玉的顏色多偏潔淨純色系，恍若神仙妃子的霓裳羽衣，月白、杏青顯現林黛玉的個性。紅樓夢第八十九回：「簪上一枝赤金扁簪，別無花朵，腰下繫著楊妃色繡花錦裙。」

衣服布料的顏色命名很美，猶如我的調色盤。

粉雪藍、玫瑰晶、淺灰綠、駝卡其、象牙白、黑曜岩、丁香灰、金屬色、深水綠，花花世界，沒人想起生命的轉眼無常，肉身危脆。

美麗是當下的，是被注目的，而無常危脆都是躲在暗處的，不想被見到的。正牌櫃姐曾要我幫忙布置櫥窗，我擺放的衣服就像我的畫布調色盤，我的旅程版圖。

蕾絲貼布繡花、尼龍網刺繡花、混紗色麻料、刺繡人造絲、刺繡印花亮片、手工縫珠、貼布繡花烏干紗、刺繡花純棉料、手繡印花緞。

模特兒穿上烏干紗蕾絲雪紡，陽光灑落下輕盈飄逸，穿透感，搭配流浪的嬉皮風與波希米亞風，再將模特兒下半身穿上刷洗過的破牛仔褲。另一個模特兒，我將她性感的立體花卉細肩帶背心外面套上中性毛海外套，瞬間雌雄莫辨，柔和與粗獷，瀟灑中有女性的感性，不收邊的風衣，古怪奢華。眼睛開出了一片假寶石的異國風情，開展出往昔流浪的旅途風景。

00032

發票

拿衣服要來換的女人，一直跟我反覆重述著，她當時怎麼會失心瘋呢，買一件穿起來顯得很胖的衣服，一定是你們店裡的鏡子有問題……

找了無數的理由，試穿好多件衣服，最後選定她要換的衣服後，卻發現她根本沒帶發票，我說沒有發票不能換喔，我的口吻已經非常櫃姐了。

發票，我找不到啊。

那很抱歉，這樣不能換喔。

女人的臉瞬時刷黑。
櫃位衣服堆如山高，等會兒有得整理。

00033

百貨公司存在的理由

週五生意反而差些。
尤其連續假期前夕，大部分的人不是在加班就是在應酬，或者累到想回家。
颱風假卻隔日天氣好的放假日，百貨公司往往擠爆了。
人們好像無法長時間靜靜地待在屋子裡。

00034

限量版

有年輕人為買一雙要價快六千元的限量潮鞋，竟在推擠中跌倒受傷。
就像有些大廟總是讓信徒搶頭香時擠破頭，我看新聞時總想，這麼暴力怎麼可能讓神明歡喜？

限量讓人失心瘋。

但也可以說是一種缺稀心態，缺什麼就會特別關注什麼？

排隊花錢還受傷？客人和我聊天時聊起了不久前的新聞，她搖頭不解地說著這如果是我兒子我會氣死。

看起來像是家庭主婦的女人結帳了快六萬元，我想她的老公看到帳單可能也會氣死。

00035

普魯斯特太長

她一直問我好看嗎？會太胖嗎？該去減肥嗎？這件穿起來很俗嗎？

這露太多了，我建議她可以換另一個款式。

但這不夠性感。

她的問題我都不知該如何回答，就放任她自己很忙，試了那件又看上別件。

她挑選了很久，一直卡在嫌自己太胖，好像她今天才看見自己的身體似的陌生。

但她時間很多。

我的腦中閃過一句話：生命太短，而普魯斯特太長。

大概很少人可以讀完用十五年寫了七大冊《追憶逝水年華》的普魯斯特。因我的書多半也都很厚，我也曾想過會不會有讀者想生命太短，而鍾文音太長的有意思之語呢。
當然這純屬我的幻想，想到此我不禁露出了微笑。
試穿很多衣服的女人見我微笑，她繼續試穿了下去。

00036

無緣高跟鞋

這個長得十分嫵媚的女人因為常來而跟我熟悉了。
她說自己也是另類櫃姐，夜晚站櫃，她調酒賣酒但不賣笑，她說自己總是表情冷酷，免得吸引一堆蒼蠅。
她今天竟拎了雙鞋子要送我，很漂亮的杏色高跟鞋，前頭還有假水鑽，閃亮如水晶燈下的玻璃高腳杯。我笑說還新的怎不穿呢？
小了些，本想拿去退，但發現過了退貨時間，想說妳應該可以穿。妳穿幾號？我聽了心想其實不只是尺寸的問題，更多是樣式的問題。
真的很美，好可惜，但我真的只能心領。
為什麼？試試啊。

我年輕時還能穿這種鞋，但現在已經沒辦法穿任何高跟鞋了。我這是真心話，雖然她的鞋子對我也太閃亮了，以前確實也經常穿這種表皮閃亮、鞋跟又高的鞋子。

什麼年輕時，妳現在不還很年輕。

哎呀，果然也是櫃姐級的人，嘴巴都上蜜，很甜。

我走出櫃外，給她看我腳踩的小白鞋。

與年齡成反比的鞋跟，我年紀愈大穿得愈低。

高跟鞋像是南瓜馬車時代的東西了。

00037

吻之包

進來一對金髮外國母女，母親只是兜轉，衣服都沒拿起來看，只是到處轉著，像是在殺時間。女兒也沒拿物品起來看，只是晃著，直到她抬頭看見一個皮包，我心裡有個聲音忽然響起，這個包包放在店裡好一陣子，主人出現。

那是一個很特殊的皮包，外面的皮革以攝影圖片拓印，形成一種藝術感，而攝影的影像是男女接吻，圖像很寫實，但透過印製卻有一種純情感，帶著法式浪漫風，又融合著奧地利畫家克林姆的吻，一點華麗感。

特別的包款需要特別欣賞的人。

打折後五千多元，很快成交。

有的物品在店裡也不知擺多久了，卻往往忽然走進一個人，愛得不得了，就把它買走了。你眼中的醜衣服在別人眼裡卻是西施，就像你的痛苦許是別人的雲淡風輕。

物自有靈魂，物也在等主人。

00038

寶貝女兒

一個可愛的婦人進來，劈頭就要我幫她挑兩件式的上半身衣服。

她的尺寸其實很難找，可是她又是我看過最親切的客人，初始她就問起我的名字。

我說妮娜。

之後她就像親友似的呼叫著我，她左一聲妮娜，右一聲妮娜，使我不得不離開櫃位很認真地幫她挑衣服。

她大概把所有櫃位內可穿的都試完了，衣服開始像堆小山似的。但她笑容可掬，且告訴我她女兒多大，女人確實超過我的想像，竟已六十三歲。說她四十三歲才生了個寶貝女兒。

這一聽我心又更軟了，決定陪她找衣服。

我遞給女人我選的衣服時，不小心說這款穿起來顯瘦，可以遮肉。

女人嗔怨說，哎呀我就是胖，要是年輕一點就好了，瘦一點就好了。臀部太胖，肩膀太厚……我跟女人說衣服是跟著身體動的，沒有人會一直盯著妳的臀部或者腰部看，那都是自己才會盯住自己某個部位的感覺，因屢屢盯著，因此一直想要去之而後快，但身體又不是裝潢，可以立即切去或刪修。而且我覺得妳的臉很可愛，五官好看。

女人聽了直點頭，說我聲音很好聽，看起來很有智慧，看起來不像是賣衣服的。哈，自己成了賣衣服的，差點脫口說自己是來體驗人生的，一心想消除病房沉悶的人。

女人還秀出手機裡的女兒照片給我看，雙十年華，國中就送去加拿大。真的很漂亮的女孩，有點洋味，漂亮寶貝。

她聽了心花怒放，告訴我還有個兒子已經結婚，兒子十五歲時我才又生下女兒，是我一直求來的。當時每天抱在掌中，人人稱羨的美麗娃娃。當年去檢查一切都很好，高齡產婦要做羊膜穿刺也都沒問題，而且身體還更好了。

我說妳的女兒真是來報恩的，女人又開心地笑著，然後又讓我瞧瞧手機裡的大兒子和丈夫。

最終幫女人找到兩套衣服，且還都是兩折的衣服，女人非常高興。女人似乎怕眼前這個看起來不像櫃姐的我會以為她都穿打折衣服，於是又說著我年輕時因先生做生意，所以我都是穿很高級的服飾，現在老了才不穿了，因為買了又變胖，之後穿不下，很浪費。

有意思，難怪資深櫃姐跟我說當櫃姐當久了都可以當心理師甚至算命師了。

女人好像覺得櫃姐是老友了，開始跟我訴說起自己的心情以及年輕時的美麗。

我問她常買這設計師的衣服？

她說不常來，都是來附近染髮剪髮時才過來晃晃。

終於女人推開玻璃門離去，我看著錶大概陪了女人三個多小時，創下客人買衣服最久的紀錄。

後來我跟店長分享，她說這不稀奇，她曾陪過在店裡七八個小時還在挑東西的客人，好不容易買了兩件，隔天又拿來說要換，又在店裡七八個小時，簡直把商家當自家。

但不知為何，我看著這已進入初暮之齡的女人背影時，忽然有點感傷。

女人將青春複製在女兒身上了，這樣的美麗可以遺傳給孩子，這是何等幸福。但同時間因為在這兩三個小時裡她不斷地提及肥胖老去的字眼，使得她也因此染上了一種無言的感傷表情，好像再華麗美麗的衣服也遮掩不了那樣的惆悵。

同時，我想起了在醫院掙扎的母親。
我是母親的寶貝女兒，但我以前卻沒有珍視因而總是感到遺憾。

00039

喜宴衣

女人說幫她找適合參加喜宴的衣服。
女人也是胖。
要挑可以在喜宴穿的衣服，不太亮也不太暗，不奢華也不平實。
好多的「不」，設了邊界，像是來下戰帖的。
最終達成任務，她很高興，她竟是遠從台中來的客人。
常常有人要參加喜宴會來這裡挑衣服，因為喜宴可穿，平常也可穿。
我想起以前老媽說過的話，可做抹布也可做禮數。

00040

追劇之必需

韓版，正韓版。

韓劇當道，每個櫃姐還得看韓劇。

這是《太陽的後裔》女主角圍的圍巾喔（這戲已經是舊款了，要常更新）。

公主徘徊在城市老巷，廢墟，海邊，石頭屋。

我曾有段時間穿過紗裙，那時我才結束穿了十年近乎道姑樣式的服裝，手製服的那種極簡，衣櫥一拉開都是黑色、灰色、白色。尤其是黑色，任母親說破嘴，都還是任性只穿黑灰。

在沉重時期曾穿了輕逸的紗裙（母親過世後，別說紗裙，連花洋裝竟都穿不了），雖然沒有回到像是道姑似的打扮，但卻帶著守孝心情似的又回到了黑灰白色系。

自己採購，算妳便宜，韓貨店家對我說。

我已經什麼都買不太下去了，逛街只是在測試自己的欲望。

轉換身分回到客人，我變得小心翼翼，好生看守著自己的欲望。

00041

小香風

多年前曾買過一個隨身菱紋格小皮包，結果只要一揹就被說今天很小香風喔。

小香，被叫得像是鄰家女孩似的。原來舉凡菱格紋都被叫小香風，彷彿張愛玲傳人都被叫張腔張派。

要學著點櫃姐術語。

同時對客人要美女美女地一直叫個不停，叫美眉更是皆大歡喜。

叫姐尚可，但也不是很合適，有的就是不想當姐。尤其叫大姐更是禁忌，加個大字會讓有些女人抓狂。有個比我年紀大的朋友有天就曾氣忿忿地在電話中罵著對方，姐也是你叫的。掛完電話後她對我說，聲音聽起來搞不好比我老，竟東一句姐西一句姐地叫著，讓人討厭。

我心裡笑著想，沒被叫阿姨已經不錯了。

除非自認自己長得像安心亞，且記得叫別人姐姐時尾音要上揚，如此才顯得可愛親切、無害且真誠；若看起來比別人老卻又叫別人姐的（且不管真實年齡），肯定惹人討厭。

銷售無非心理學。

00042

比例

有個醫療業務員來到母親病房幫母親量小腿，母親很緊張，一直抓著我。

我跟母親說是買輪椅要用的，回家就有自己的輪椅了。

我想母親起初一定以為是來量棺材的無常幽冥鬼來了。

我順便量了自己的腿長，才知道小腿有39．5，是標準上身短，下身長。

媽媽比我高，卻只有34，加上胖，難怪媽媽看起來比我矮，但站在我身旁，媽媽可比自己高呢。

我想難怪自己看起來不顯矮，除非跟了個高個子站在一起。

有個朋友的身形是一半一半，五五身，最難穿衣服的身材比例。

上身短下身長，好穿衣。

00043

邊購物邊讓計程車跳表

百貨公司外總是有計程車在排班。

而坐計程車來買衣服在這家店也是常見之事，還見過要計程車司機在外面計費等著，這還真是大手筆，畢竟衣服很難挑著就走。但也因此這個要計程車在外面等她購衣的女人還是有點趕，畢竟心裡掛著計費跳表，我問為何不買好再叫車就好了，她擺擺手，講話速度很快，連說我買很快，且重新叫車還要等，很麻煩。

她又連說我要刷銀聯卡喔，這裡可以刷銀聯卡吧，若不能就太可惜了，因為我一次來都會買不少的。我確實不知道銀聯卡怎麼刷，我打電話問店長，她在電話中教我幾個步驟，要我試著跟著她說的操作。客人邊試衣服邊聽我講著電話，眼神擔憂地飄過來問說妳學會了嗎？彷彿怕沒法交易，怕沒買成而不是怕花錢。

我點頭說會了，沒問題。

於是只見她又開始快速狂穿衣服。

之後還把穿來的衣服換成剛剛買的一套衣服，她說早上有點涼，身上穿的衣服稍厚些，因此立馬換掉，怕熱。

結完帳，到了下午，她卻又跑來了。

我笑問，這回沒讓計程車在外面等吧，沒看過買衣服這麼緊張的。

她說沒有，這回可以好好試穿了。回家才發現之前太急買錯了，兩件很相似，因此她拿到了另一件。

她說可以換嗎？

我很為難，因為本來是可以的，偏偏她剛好將那件換上身才離開，她已經穿在身上一整個上午了。如果妳沒穿在身上是可以換，但穿了就不能換了。

她一副忙中有錯的可惜樣子，但也沒辦法，因此她只好又買了她喜歡的另一件，看來看去又看到其他的，之後才悵然離去。這種經驗我也常有，去換衣服或者店家說沒有妳的尺碼幫妳訂之類的，再去取貨時通常又會多買，所以後來只要當場沒有我的尺碼，就想沒緣，不想調貨。

調貨是實體購物中最沒快感的，先付款了，還得等，她也是這麼認為。

這回不趕了，女人多說了些話。原來她在上海工作，因此只要回台灣就來買一些帶到上海，說不在上海買衣物，太貴了。

個性頗大而化之，但卻喜歡柔美的衣服，讓計程車等她購物且一天來兩次，加上個性對比，真是讓我印象深刻。

00044

讓我記住妳

我問店長都怎麼記住客人的？

她說都是記長相記工作記喜好的樣式，客人也都會交代有適合其個性的商品要通知，有超愛飾品的，有超愛中性帥氣款的，有喜歡亮麗款的，喜歡針織衫的，喜愛絲質洋裝的，個性阿莎力的，個性拘謹的，有帶男生來刷卡的，有工作狂、有襯衫狂，有圍巾狂，有民俗風狂，有皮革狂，有包包狂……客人被櫃姐記住往往很高興就會買很多。

店長又教我新招，若有進新貨時，可以針對客人喜好介紹新品，叩他們來看新品，如此也可創造業績，當然還要多認識布料面料與當季流行款式色澤。

00045

拋扇子

結婚季，經常遇到來挑要參加婚宴衣服的女人。

很多大嬸參加婚宴往往把自己穿得像媒人婆，主要是因為喜宴多半會挑亮色或紅色系衣服，一不小心就過於華麗。

我想起不久前才寄了好幾箱衣物給表妹，因她有三個女兒可接收我的衣物。

表妹結婚的場景至今依稀記得。母親交代表妹離開娘家時，要將手中的扇子拋出，我看了不解，媽媽跟我說這叫「捨性情」，放捨性情之地，必須捨棄在娘家時不好的習性之意。

想起媽媽說過的，我看妳就是嫁了，把扇子拋了，妳的習性還是改不掉。

00046

服裝園丁

雪紡紗的面上綴著亮片珍珠，細節輕重交錯編織，綴著亮片珍珠與繡片等昂貴的手工細節，這種亮片彼此勾纏，我每天在整理衣服時必須仔細錯開它們，才能減少太親密的損害。彷彿衣服彼此是情敵似的。

扯出細線時，要仔細地整理，彷彿園丁般。

將同色系的衣服擺在一塊兒，由深至淺。

櫃姐時刻都在整理衣服，將客人試穿或弄亂的衣服重新歸位。

春季的象牙白，猶如花園般夢幻錦簇的色彩，整間店櫥窗常得順時更迭裝置，異國情調、波希米亞、優雅低調、奢華皮革、編織、縐褶、手染、拼接，我吐出這些話就像在陪病母親時聽到醫護人員吐出的血壓血糖血脂等名詞般熟悉了。

糖可以用代糖換置，菸可以用電子菸偷天換日，衣服名牌買不起可以用其他牌子類似款來平替，但老化與疾病呢？

在美麗的櫃位與苦痛的醫院兩端，我熟悉純棉、混棉、羊毛、真絲、人造絲、混絲、尼龍、烏干紗、雪紡紗、刺繡蕾絲、亞麻、珠繡，就像熟悉鼻胃管、嬰兒膠帶、乒乓球手套、紗布、不織布Y紗、尿片、針管、張口棒、尿袋、繃帶、滅菌棉花棒、酒精。

客人摸衣服的樣子都能判別是否識貨，就像醫生把脈的手感。

櫥窗裡的時尚模特兒對比醫院長廊坐在輪椅上的老人，我在母親滯留醫院復健的流浪日子，就這樣徘徊在春暖花開與遲暮寒冬的兩極。這讓我的心逐漸長出了四季的風貌，知道這兩端是過程是時間，我逐漸少欲，讓長年凌駕我的欲望逐漸長出了腐朽的根，融入泥土，消失。

但這不影響我對欣賞美的覺受與喜愛美的能力，只是不用再擁有太多的物質了。

00047

經驗性的材料

母親起初剛生病的前幾個月，記憶雖常陷入流沙，如雨中泥濘，但她對錢和我的穿著打扮仍很清楚且非常在意，她曾目睹我給了來幫她按摩的師傅一千元，竟大鬧著，起初我聽不清楚她失語的吼叫，她用手指著師傅的背影，我才明白她覺得一千元太貴了。於是我佯裝追出去，在自己的皮夾再取出一千，揚在手裡，走到母親病床，讓她以為是我把錢要回來了。

一千元，大鬧脾氣的媽媽，我希望在她眼前撒上一疊又一疊的千元鈔，只為讓她開心。

如果她知道我當服飾品牌的櫃姐，她也許會很高興，因為這是一個靠近美的地方。但如果她知道我站了大半天才有按摩師花上一個小時就有的一千元，她一定心疼得不開心了。

但我一定會把所有的經驗材料兌換成寫作的養分，轉換成稿費，這樣或許媽媽就開心了。

00048

媽媽包

來店裡的女人都會先看平放在桌上的衣物，就像平放在書店的新書，整個書封暴露在讀者眼前，容易被看見，不若上架的書，如安靜的牌位墓碑，等待有緣者來到眼前就像等待子孫年復一年才想起要悼念祭祖似的悠長。

平擺桌面的除了促銷或熱銷新品，多半還有一個特質，那就是懸掛時會變形的羊毛衣物。包包多半放在有格子的櫥窗，我的身後也有一整排櫥窗，擺放著包包，比較昂貴的，怕被碰觸的，需由櫃姐拿下來才能看的包包。

我來很久都很少人會想要看我身後的包包，除非真有心要買，否則客人的心裡怕麻煩櫃姐取下又不買會被翻白眼吧。

我曾被朋友問是包包控還是鞋子控，我腦中想起某位年輕美麗的時尚主編，乍然離開人世時她家裡那上百雙的美麗鞋子頓失主人的黯然與悲傷，物反射主人的喜好與性情，還有難以言說的欣賞之眼。

我是包包控，曾被朋友笑說筆名應取「包姬」。買過我包包與我贈給伊甸園二手店義賣的包包不知凡幾。且因陪病母親，空間有限，而包包又是最占空間的，為此空間決定了物質，逐漸治好了這個包包控病情。

母親愛鞋子勝過包包，她是實務性取向的人，鞋子經常要穿，包包大小幾個就夠了。

母親是最早有媽媽包的人，包包裡總是裝著她勞動的一切。她有幾個讓我印象深刻的包包，裡面有的裝的是無形的眼淚，有的是裝著勞力汗水換來的金錢。裝著汗水的是咖啡色大包包，包內裝著威士忌約翰走路白蘭地與萬寶路香菸。裝著眼淚的是一個小巧的皮包，拉鍊上綴著珍珠與假鑽，十分搶眼。那種皮包有一回我在紐約跳蚤市場見過，近乎一樣，我連忙買下。母親因為皮膚過敏，無法戴假的飾物，因而我總是很節儉地存著錢，買好的物品給她。母親用小包包裝眼淚，裝著她的愁苦。

我第一次瞧見母親拿著小包包，是透過蚊帳瞥見晚歸的母親來到我的床畔，我張開眼睛看見閃亮的光，後來想是房間的燈折射了包包上裝飾的珍珠與假鑽，那像月光般的暈染著我的瞳孔，我看見母親的淚水打轉，她摸著我的臉，忽然變得很大力，原來有蚊子飛進帳內。那幾晚每天都聽得見母親高分貝的吵架聲，然後母親就說她要出去死。聲音聽得出痛苦煎熬，近乎沙啞。和父親吵架的母親總是語言如刀，語言散發之地如子彈射出，瞬間爆裂，屍橫遍野。

大包包是裝著逃避關稅的走私洋菸洋酒。

童年和媽媽一起流浪商街的攢錢物證，媽媽包裡面裝的是淚水與汗水，躲藏著對過好日子的渴望。

女兒包裝的是書、筆記、電腦，離母親很遙遠的物質。有回母親幫我提包包，嚇了一大跳，這麼重的包包，妳的肩膀都被壓垮了。如果揹鈔票就好了，她笑說。

我說我用電腦寫字，這些是可以換成鈔票的，她聽了就笑了，彷彿這樣重的東西必須有值得的代換數字。

好在她沒繼續問寫字可以換多少錢，她無法明白無形的東西更珍貴，很難換算。

00049

小小神物

老品牌時尚店的櫃姐就像老餐館的服務員，資深到可以和品牌一起老去，他們對品牌的忠誠與對客人的熟悉都使他們穩穩地做到退休，除非店關了或者他們不想做了。

那些大嬸櫃姐超會做生意，不是嘴巴甜，而是目睭好（很會看人）。

每個櫃姐都有自我祕密實行的吸金法。

比如店長就在顧客看不到的櫃檯上方放了個小佛像，她每次上工前除了向小佛像祈福外，也會抄經。

我有一次因為要取一個放在櫃位最上方的皮包，才瞥眼見到她曾提過的小佛像，大概三個拇指大，琉璃綠松石綴飾在銅佛上，很精美，我簡單雙手合十。還看到佛像旁有些小小的祈福小物，這讓我想到之前去整理母親老窩的東西，是在確定母親復健失敗再也不會回到她那間沒有電梯的晚景公寓老窩時。整理母親住了多年的最後居所時，有一區是我得小心一一檢視，不能隨意丟掉的，因為櫃子內的抽屜或餅乾盒裡裝的是她過去到處進香或求神問卜得來的聖物，還有她為了讓我心靜身安的各種加持物。逐一凝視小小聖物，知道這些聖物是願望，標誌著每一間母親走過拜過的寺廟座標，這是母親從年輕到晚年的腳程，她的禱詞裡一定有對女兒幸福的盼望與祈求神佛加被的祈願。

我感念著這份情的同時也感傷「走」過那麼多寺廟的母親，晚年她卻成靜止之人。

神佛有聽見她的願望嗎？

我將祈福物收好，想有一天神佛定會聽見母親的願望。要有信心，過程縱有磨難，也因磨難，試驗著信解心。

我還看見青春時曾買給母親的一對小神獸，一對琉璃貔貅，光燦如新，母親將神獸養得很好。

當年我希望母親不要再那麼辛苦賺錢，聽說貔貅神獸只進不出，可咬錢進來還可讓錢不流失，當人們無財路可走時，把貔貅當成幫助脫貧的對象，是非常可以理解的。

母親中年過後，果然不太憂愁錢，頂多就是煩惱一下下，且就如她以前常說的比上不足比下有餘，日子已是福。

「養」神獸是因相信而有了安心，這和喜愛自然者在城市生活寓託心境於園藝、植花養魚或養貓養狗是有點相似。比如我很喜歡盆栽，只要窗台擺綠色植物，彷彿就能引進山林的風，召喚天上的雲。擺一對貔貅，期望現實脫貧，在別人眼中或許成了痴心幻想者，但痴心者本就不可理解，也不必被別人理解，因為別人不會知道你的苦，能伸出援手的更是少之又少，那麼寄託願望於信仰或者聖物豈不更好？

我們信仰的神佛或教主，因其莊嚴神聖，是屬精神面的。而小物神獸和人有親切性的連結，是很生活的。比如貔貅，聽說要經常撫摸貔貅，叫醒神獸咬錢。我看著睡了多年的貔貅，趕緊把神獸請回案上，這是母親注目過的神獸，裡面蘊藏著母親的祝福。

貔貅於是給我一種奇妙的安慰，好像摸了貔貅就會滿屋盡是黃金甲般的閃亮熠熠，金幣滿滿。有信仰，有聖物，並非就不努力，相反地要更努力去實踐願望，因為信願行是一體的。

00050

不被物化的人生

有時會繞去別的專櫃逛逛，到處轉轉，看看其他櫃的新款與模特兒穿搭。隨意沿著玻璃櫥櫃走著，聞著香精，和那些拎著鱷魚皮蛇皮的貴婦錯身，彷彿闖進叢林濕地撞個我滿眼，轉個彎如廁，和拎著拖把的打掃婦人打照面。

不小心如廁時闖進百貨公司週年慶的野獸叢林，要閃過無數光鮮亮麗但雙腿靜脈曲張的櫃姐們，閃過無數個紙袋偶爾撞到腳邊的摩擦感。這種感覺就像在沒有預期下突然在旅途闖進奔牛節或是潑水節的喧譁熱鬧，被四周人推著往前走。

年輕即經常擺渡在最昂貴與最廉價的兩極之間，年輕時因工作得去拍賣會場耳聽名家畫作落槌的價格都在千萬以上，轉身吃的食物是百元有找，甚至買百元衣服。

喜歡在兩種奇異之地喝咖啡寫字，比如微風百貨二樓長廊的咖啡座，連鎖咖啡館位在昂貴的專櫃之間，位子沿著專櫃林立，透光的窗戶可以見到一樓奢昂的名牌精品。在那裡發呆寫字之餘，望向水晶燈下的模特兒，塑膠模特兒沒有表情地穿金戴銀，塑膠臉上戴著墨鏡，一個有型櫃姐正在為模特兒換裝。我看著換裝的品味卻很糟糕，芥末色下面搭著褐色，像是土地上開出一抹青，在心裡說著醜，轉眼卻見某個肥胖貴婦買了櫃姐扒下的那套，沒有多久就拎著衣服走出我的視線。

櫃姐重新為塑膠模特兒穿搭橘亮色配低調棕咖，如非洲原野的落日，這回比之前的俗醜顯然好些，但反而我在咖啡座朝櫥窗看了半天，行經的婦人卻都不青睞。

我觀察過平常時光這些精品店大半天裡也沒有什麼人走進去，可見一個月有幾個人消費就夠了。不若夜市，一天要轉桌好幾回才能有盈餘。在這樣奢昂的店，寫以字計費的文字，稿酬微薄，精神豐裕。

00051

無欲的悲歌

前一個客人拎著一堆衣物等著我結帳，業績不錯，可以分紅，感覺有被祝福，吸金大法就是微笑。

感謝有欲望的人（不然就沒人消費了），感謝把欲望消費在我手上的人，但同時間，心裡卻悄悄感到不安，對欲望的不安，在這滿眼物質的空間，手機推播的新聞是野火四燒。全球每年生產一千億件衣服，但據說有百分之八十五會被焚化，重量粗估全球紡織品垃圾一年高達兩百五十億磅。快時尚成災，焚化汙染與勞權議題不說，關乎個人的是在不潮不愛之後，終日被深鎖衣櫃而成浪費。我在打字的一分鐘裡已經有九點九件衣服被丟棄，其中有十五件從沒穿過。

有點熟的客人跟我聊著我正在看的這則手機新聞，說她都是捐給義賣單位，但內衣褲不能捐。

我聽了笑說內衣褲當然無法再回收吧。

她也大笑，對啊，只能直接當垃圾丟，但丟的時候總有一種奇怪的分離感，畢竟太貼身了。

總說要學習「需要與想要」的差別，那很多店就要關門了。

對啊，一個人真正需要的其實也不過就像出家人兩三套衣物、一個缽、兩雙鞋。

這太極端了吧，客人一邊聽著一邊仍繼續試穿著衣服，但表情有點停頓，好像感覺自己突然變成拜金女子。

我笑說是指出家人，我們沒出家啊。

但這話題實在讓人難以購物，畢竟需要的早已皆備，餘皆是想要。

她這回沒有購物即離去，想來我不該在櫃姐時光聊這個話題，引發一種罪惡感是消滅欲望最好的方法。

每天當櫃姐，遭逢的風景是欲望容器承載的樣貌，當然更多是也照見了自己。

我就一張嘴，但卻超愛買杯子。不僅以前喜歡買飾物，還喜歡買空間飾物，乾燥花、瓷器、吊飾小物、織布、咖啡杯盤等等。我的東西在母親眼中都是屬「無用」之物，於是整理時不免檢討自己，告訴自己不再買重複用品、不買促銷東西、不買不需要之物。

當然這就像勵志語言，經常還是被拋在腦後。畢竟想要是一種心情，且如果太實用主義，也會使自己成為一個無趣的人吧。所以如果還是分不清需要與想要的那條界線，那麼想要的時候，在能力許可下，若買了就別再有罪惡感，別折騰自己的心，還不如就好好享受那個「想要」？

欲望引起人內心的種種掙扎，這種掙扎若繼續扭曲變形，往往成了悲劇來源。這也是必須訓練自己少欲的原因。宗教也經常將欲望視為罪惡毒蛇，而佛家也把欲求不得列為人生八苦之一。通常我們都讚美無欲之人，欲望經常被責難，這使我在滿眼物質風景的時尚店不禁想起之前閱讀的小說。

二〇一九年諾貝爾文學獎得主彼得・漢德克在很多年前寫了一本小說《無欲的悲歌》，小說吸引我的是無欲竟然是悲歌。漢德克以抽離質問的距離看著際遇的變化，淡漠中卻埋藏如刀的感情，他寫關於母親的生與死。他的母親在一九七一年自殺，這成了作家生命一道永恆的陰影，也使他從抽象性的語言實驗轉成寫實的自傳告白體的敘事風格，短短的中篇小說，卻隨著母親的生命起伏敘事，而翻轉了不同的語感，從敘述者——經歷者——回憶者，質問著傳統與宗教教條，以及社會潛藏的目光與語言暴力。

當無欲不是自己的選擇，而是長期被迫所形成的人生時，無欲譜成了悲歌。小說裡寫各種無欲的狀態：身體無欲、精神無欲、表達無欲、物質無欲、打扮無欲、未來無欲。在極為節儉的家庭與天主教社群長大的母親，從小就會為自己的身體害臊，且整個舊社會也會把眼睛盯在女孩的身上，他人責備的目光使人壓抑，長久下來就把心底深處最基本的感情與欲求給嚇退了。

連「吃得少」都可以被作為榜樣，去教堂「懺悔也只是為了提醒留在家裡沒去的人要記得自己的罪孽」，漢德克甚至寫到母親因壓抑而不敢吃糖，只敢舔一下孩子手中的糖。在物質無欲上，更是雞毛蒜皮地計算著：星期天穿的鞋平常的日子就不能穿，出門穿的衣服一回家就得馬上掛到衣架上，熱騰騰的麵包只能明天才能吃……後來這個母親到了初老更嚴厲、更苛刻，對很多事情經常擺手表示拒絕。

苦行太久，活著成了某種酷刑，在歷經生命疲憊與困頓後，這個母親在五十一歲時自殺。因他人目光只好佯裝無欲的壓抑，也是一種自欺欺人，唯獨能面對欲望，逼視欲望，或許才能明白在心裡興風作浪的東西是什麼。

無欲是極端，多欲也是極端。在欲望的兩個極端，叩問的是自己的心，心要帶引人走向欲望，欲望本身不會是問題，而是怎麼落實欲望才是核心。

《無欲的悲歌》小說從二戰期間一路寫到七〇年代，但即使生活好轉了，然而早期的壓抑已經把他們的欲望打到最低，且時時感到罪惡。小說不直接寫欲望，而是藉由回憶母親的過去與禁錮的世界所表現出來的淡淡悲歌。

00052

理想的距離

母親是一個能夠分清「需要與想要」界線的人。而我總是想要很多，其實需要很少。整理母親衣物之後，也開始整理自己的空間。

我的物品以化妝品最少，因為我不太化妝，且喜歡用簡易保養品，花在臉部時間不超過十五分鐘。但護唇膏卻很多，經常還沒有用完就不見了，護唇膏簡直像是我的筆。

母親的房間沒有什麼書，有的也都是她女兒寫的書，她是看不懂的。這是她和我最大的差異，過年前我請二手書商來家裡，結果整整搬走了七十大箱的書，還不含我贈給鄉鎮小圖書館的書和許多雜誌。

東方女性也經常被迫面對欲望這個課題，尤其我們活在青春特別短暫的表層（象）社會，時間這匹狼在後面追著我們。

有點年紀的女性若稍微暴露自己的欲望，也經常會被目光撻伐的。身體的欲望必須抹除，必須開始慈眉善目，說些心靈勵志的長輩話，好讓自己錯以為或他人覺得長智慧了。心靈雞湯喝多了，若沒有經過實修實證，文字就成了自欺欺人的武器。

巴黎女人並不如此，就像寫《情人》的莒哈絲，六十多歲時寫下回憶十五歲半在湄公河遇到華人的那場邂逅，以及如發高燒的初體驗。

巴黎女人面對情欲態度健康，因為偽裝無欲（除非真的無欲）是更危險的心靈活動。面對欲望不意味著我們就欲望多，相反地是認識欲望之後，可以不被欲望主宰。

生命長河，我們需要的不是無欲（無欲也是一種欲），我們要丈量的其實是和欲望如何保持理想的距離。

00053

備胎

來此消費的多半是女人，偶有陪女友或妻子前來的男性都很不自在，彷彿不該出現在這樣的空間。不知是因為我的聆聽表情還是我的緩慢低沉嗓音，又可能是精緻悠緩的空間驅使下，女人很容易打開話題，有的還會不經意地勾起生命黑洞的碎片。

當晚我回家，也寫下自己的欲望黑洞。

由於當年父親病發到辭世的時間比一朵玫瑰花的花期都還短，因此年少時經歷過這種乍然失去的踩空感，此後這種感覺彷彿如黑洞般，一直在我心中悠盪如鬼魅。

以至於後來我有一種奇異的怪癖，那就是只要我非常喜歡的東西（特別是那種會經常用或經常穿之衣物），常會重複買一模一樣的，唯恐不慎掉了或壞了其中一件時，還有另一個。

連後來感情也是，一個走了，會想要快速尋找很相似的客體以填補生命的黑洞。

當然再怎麼一樣或相似的人事物，也會少了最初的心境。包括物件也是，如果掉了壞了第一件，即使取出另一件一模一樣的物品要使用的時候，怪的是心境卻不一樣。因為第二件已經被心中定義為「候補，備份」，即使不是候補，也會因個人隨著時光的異動，或個人生命或美學觀的改變，而使得物品蒙上不同的光彩，或增色或黯淡。

更糟的是，有的重複之物還沒啟用，心就已經移情別戀了。故也常聽到朋友說整理衣服時發現很多連吊牌都還沒剪的衣服躲在底層裡。

我們不禁想著到底是什麼樣的生命黑洞會使一個人的欲望潰堤？檢視起來多半那時候不是感情有創傷而以購物填補之外，就是生命當時沒有核心，因而亂買東西以打發時間，或者是天生有恐失症，就像當年父親突然驟逝時帶給我的恐懼失去感，恐失症最後內化成習慣，因而就常買備份的東西。

感情客體則未必會出現備胎，畢竟感情可遇不可求。但年輕時談感情，確實很怕被棄或失去，一旦失去就會隨感情的潮波逐流，不小心就會談起一場爛感情，成為彼此感情的「寂寞候補者」。

感情的候補位置很奇怪，候補不是指小三，候補在我的意思裡是指寂寞時能夠填補空缺的人，不只是身體的，還有精神上可聊天的對象（甚至相濡以沫）。但感情一旦找到正宮就又瞬間會被遺忘的人。某種程度，許多人的感情生命裡大約都有過這種過渡時期，常有個喜歡你的人等著你召喚他，你會不小心或故意，利用了這種因為他喜歡你而把他放在寂寞時才候補的位置上。

候補的人什麼時候會離開？就是絕望感升起了，發現永遠也不會遞補了，或者自己的感情也出現正宮了。

母親生病時我也得了一種病，唯恐失去，故喜歡的東西都會買兩份，但卻無法買兩個媽媽。現在我怕斷碼斷貨的恐失症已經被治療了泰半，年輕父親驟逝，後來臥床母親則啟動一場漫長的告別，好像為了治療女兒的恐失症。

雖然沒有太多欲望，但我仍然非常興味地看著這個大千世界。欣賞這世間美麗的事物，為美而耽擱。不僅恐失症被矯正，也讓我學習在極端的兩種境界裡如何切換開關。比如我把母親的病房酒精味變成香水味，把藥味變成麵包香，把尿屎味轉成咖啡香，在美麗與腐朽之間，彷彿走來了張愛玲，華麗與蒼涼，生命的雙重奏。退隱山林和滾入紅塵，不相違背，統合為一，既能融入而不亂，也可抽離而不遺憾。

當然如果有機緣獲致一個多的備胎時，不論物件或感情，則視為生命的餽贈，將之好好珍惜，感謝備胎經常被束之高閣的時光，感謝備胎提供我們內心安全感的慰藉，或者寂寞的解憂。

當櫃姐的好處就是每一個購物的女人也都是我的對鏡（境）。

因為空間轉換，清出所有的衣物時，發現許多以前多買的重複備胎衣物。於今時光流逝，轉為不愛或不適合穿戴了，把自己的備胎分享給適合的人，使備胎遞補成正宮，再也不用等著主人那不知何時才能候補得上的天荒地老了。

00054

整理術

整理人生，最好的下手處，是從整理東西開始。

整理東西就像在爬梳時間河流裡淤塞的狀態。看到很多衣服時，會想當時是怎麼回事，心裡的黑洞究竟有多大啊，否則怎麼會滋生這麼多四處流竄的欲望。

欲望就像是夏天爆裂的果漿或者狂長的野草野花，看著原本躲在衣櫥裡的衣物全部倒在床上，或者櫃子裡的杯杯盤盤全部占滿檯面，才驚覺整個生活的熱情都被這些東西消耗掉而不自知，整個生活經濟被捲入恐怖的消費機制裡，整個生活空間被物件層層疊疊進駐甚至有時連找東西都有困難……這是大多數人整理東西的恐怖經驗。

難怪整理達人總是要人們下手整理東西可不是一個個抽屜個別整理，而是要傾巢而出。要把所有的衣服都堆到床上，這時才能感受自己過去買東西的威力。一個個抽屜分別整理，會以為自己的東西不多，所以不會被嚇醒。

當衣服堆在床上如山高時，真的會呆掉，甚至產生嘔吐感。於是必須全部攤開物件，堆疊出擁有物的全景圖，此可說是治療囤積症的殺手級方式。

00055

記憶當鋪

有個新聞大約是一個主廚搶了銀行，其原因只是為了贖回典當的賓士汽車。竟有這種瘋狂的贖回，即使贖回了物品卻賠掉整個人生，聽來真是不可思議。

但人對於物的執著，總是超乎他人想像的。

也有一種悲傷的典當，俄國作家杜斯妥也夫斯基曾經在一窮二白時典當了自己的大衣只求暫時餬口。大衣說來似乎沒什麼，但對天寒地凍的雪國，沒有大衣意味著要只能蹲在家裡以免外出受凍。

小時候看見門口掛著藍色布幔上印著大大的「當」字，我總很想掀開門簾進去瞧瞧，也經常盯著玻璃窗內那些發光的手錶首飾，想著主人為何不要它們了?母親看我盯著玻璃窗內的物品，不免以警世口吻跟我說這些都是缺錢的人拿來換錢的，我們可不能走到這一步。

母親拉我離開駐足當鋪的玻璃窗前，走著走著，忽然有感而發地又說著要真走到這一步，也得之前買的東西是值錢能典當的。

母親確實不曾去當東西，但她有個不錯的朋友卻是當鋪的老闆娘，有時候我會跟著母親在當鋪中流轉，看著從藍色門簾走進來的人有滿臉的尷尬緊張，或是愁容滿面。我看過一個女人來當鑽戒，閃亮的鑽石不再恆久，瞬間黯淡地被擺進玻璃窗內，山盟海誓抵不過現實。難怪故事裡那個為對方賣長髮的妻子與當懷錶的丈夫總是讓人感動，為愛的典當，失去物品卻獲得更多擁有。

但這故事沒影響我的成長，反而童年和母親出入當鋪，看盡人生困頓時典當身外之物的畫面，倒是經常浮現在我的成長過程中。後來我買東西雖然不會買貴的，但卻會買獨特之物。買獨特之物一開始並非為了日後可轉賣，當然是因為喜歡之故，然而最近轉賣很多物品之後，我才發現原來我的潛意識裡躲藏著物品未來可以轉賣的想法，而稀有獨特之物（或者名牌）確實比較容易轉手。

有個朋友是搞科技的，他每回看我以前旅行購買的羊毛刺繡手工圍巾或者獨特的飾品、包包總是很快就被買走時，不禁感嘆起來，因為科技物品是一入手就貶值。他曾經買過三百萬的電腦伺服器，後來竟連幾萬元都賣不掉，但捨不得賣卻又十分占空間。偏偏他擁有的汽車電腦手機，都是一買就進入貶值人生。難怪當鋪玻璃窗前不會看見擺電腦手機，當鋪收的都是那些可以禁得起時間考驗的手錶鑽戒翡翠玉環黃金……

當鋪裝進物件，吐出價格。但記憶呢？裝進時光，吐出什麼？

偶爾經過公共電話亭，也會有一股想進去打打電話的衝動。那個在電話亭排隊等候打電話的過往畫面，也有如洪荒紀年，得擺進「記憶當鋪」了。

記憶當鋪，可以換取什麼呢？愛恨情仇生離死別……無盡流轉的故事。

年輕時我曾赴紐約深造，雖修油畫創作，常逛美術館，卻更常流連服飾店。難以拒絕美麗，經常為美耽擱，為物美而花了不少錢。但美麗和聰明相比，我花在聰明的身上仍然是遠遠超越了美麗。我的書架仍比衣櫥多了好幾倍，每年花在買書和學習的錢更是驚人。

整理了七十箱書，書被載離我的視線，但智慧是載不走的，也當不了。

00056

春帶財玉環

我有個好友開玉飾店，後來店關了，她每天閒閒，就只怕老。

她偕我去打坐，寺院要我們脫下身體所有的外在束縛，包括手鐲。

我想要脫下戴了經年的玉環手鐲，抹了肥皂卻仍是怎麼樣都卸不下來。畢竟手肥了不少。

結果當夜玉環竟是在無外力之下自動裂成兩半。那是母親為我戴上去的姑娘環，扁形的女兒環，很美。內心有點不祥預兆，後來結束禪坐下山，忘了預兆的提點。

冬寒來襲，母親未久倒下。

母親手上戴了經年的玉手鐲被醫院護理人員拔下，來到了我的手中，春帶彩（財），淺綠中透著粉紫，彷彿傳遞著母親的祈福與叮嚀。

00057

長大的腳

時尚店也賣鞋子，但因不是專賣鞋子的店，數量少，尺碼也有限，若加上打折季，通常就是一個款式僅剩一兩個尺碼。

試穿鞋子的女人無緣買到自己的尺碼，悵然極了。

那惆悵的表情讓我想起我在大約國小五年級時母親曾買過一雙手工訂製皮鞋給我，黑色亮皮的娃娃鞋。我愚痴地不知（或未曾想）腳會跟著身體一起長大，一直因為捨不得穿而把鞋子收藏起來。國小畢業那日，我開心地取下鞋盒，才發現腳竟套不下時，我竟蹲坐在地上，掉下眼淚。

我從沒注意過自己的鞋跟，直到讀了陳映真的《父親》，令我印象深刻的一段描寫：「他拜託妻子幫忙去換皮鞋鞋跟，妻子說我從沒見過有人像他那樣拖著腳後跟走路，但他卻立刻想到了自己的父親，他的皮鞋也總是這樣，右腳的鞋跟向右邊削去，左腳的鞋跟則是從左邊削去……」作家看見了自己與父親的相似之處。陳映真在最後說道，原來遺傳竟連走路的姿勢也管。

一句「遺傳」，就像木槌一般地敲響我心的那口鐘，在嗡嗡作響的同時，也讓我思索自己之於母親，是否也擁有類似的潛藏記憶深情，那雙手工皮鞋見證了母親對我的愛與捨不得。

00058

想念年輕的姊姊

當櫃姐的午餐與晚餐經常都是囫圇吞棗。午餐通常還好，先吃早午餐再來上工，但晚餐就很隨意了，經常以麵包與咖啡打發（回想那段櫃姐時光，竟是我最胖的時期，吃太多麵包惹的禍）。

啃麵包時我腦海常浮現姊姊，一個生前活在過去，死後才能活向未來的人。

我在之前的《捨不得不見妳》曾直接以〈姊姊〉為題寫過我對她的懷念，但那篇散文寫的是姊姊和我母親的獨特關係與流離人生，沒有提及她最後出現在我眼前的樣子以及她在我家十多年來我對她愛吃麵包的執愛模樣的難忘。

我永遠都記得，她最後在一場我們共同出席喜宴的瘦削樣子。

她在我的心裡幾乎等同於親姊姊（大舅的女兒），在我最後一次（除她在醫院之外）見她的時候，是在一場婚宴上。那天她穿著一件十年前買的咖啡色系格子外套，那件外套一點也沒有復古的時尚感，相反地那件外套襯著她的膚色更為黯淡，且外套還起了毛邊。

在喜宴上我見到姊姊的第一個反應是，我好想打開我的衣櫥，把我那些好看的外套挑些送給她。但我心裡又知道，她不是沒錢買，相反地她還頗有生財之道，有套房收租，和老公住的是透天三層樓房子。但為何她要穿看起來頗舊且顯老的外套？那件外套甚至靠近時還會聞得到櫥櫃的樟腦丸氣味。

我的直覺告訴我，她不快樂，缺乏快樂的心讓她的心停滯，提早長成了老化的樣子。

一個不快樂的人會產生懶得打扮或過度打扮以遺忘不快樂的兩種極端。

那件彷彿時間停滯的外套，勾起我對姊姊的許多回憶，但也使我彷彿不認識她似的。

因為在我的記憶裡，她從國中時期就經常有人追，且還頗叛逆。我比她小很多歲，經常在晚上陪我媽媽出門去尋找她不回家的可能落腳處。過了下課許久還見不到她的人影時，我媽媽就會開始擔心她的安危，但又不是親媽媽，只是姑姑，於是親情失效，無法召喚她乖乖按時回家。從小我就覺得她很獨特，少女時代她就不太管主流目光，比如她嘴邊有顆痣，也沒去點；比如大家總挑好看有錢的男生，她偏偏和一個瘸腿的男生要好。直到她後來去保齡球館當計分員，接觸到台北花花世界之後，才又被別的男生追走。

在那場喜宴上，姊姊就坐在我旁邊，我們關心著彼此，話雖不多，卻知道感情深厚。

我當然沒說姊，妳怎麼還「活在過去」這種文學語言，但也不能傷她自尊地說妳怎麼還穿十幾年前的外套？我說的是，姊，有空我帶妳去逛街，台北有很多物美價廉的服裝店還有很多漂亮的咖啡館喔。

她聽了竟露出慘澹的笑容，彷彿我的語言不在她的世界。她說我早不買衣服了，喝咖啡自己煮，這樣才花不到十幾元。那妳喜歡什麼？姊姊竟說有錢比較實在。我很訝異，不知何時，姊姊已把心豢養在握有鈔票才是最實在的生活模式裡，有錢實在沒錯，但有錢卻不對自己好一點也真的很不實在。

她對自己一點也不夠好。

那回見到姊姊的模樣，讓我在喜宴過後，留下一種哀愁的印象。

沒多久竟傳來姊姊生重病的消息，沒有捱過太長的時間，姊姊就離開人間了。有錢比較實在，這句話一直迴盪在我的耳邊，諷刺的是鈔票留下，人卻離開。鈔票的實在是因為可以兌換理想生活的資財，而非只是停在空洞的數字而徒留遺憾。

我經常為天堂的姊姊祈福，也傷感不知為何她過去那般的花樣年華會轉變成枯萎的人生？歲月流逝，沖刷打磨出人生不同的風貌，有人更光滑有人卻更粗礪。是早期寄人籬下的遷徙造成她對生活的惶惶不安嗎？但明明她在少女時代曾是那樣的如花似玉。我有一張她十八歲時穿蘋果綠雪紡紗洋裝的照片，一頭黑長髮發亮，眼神深邃而果敢。那件洋裝即使到現在也一點都不過時，近年流行洋裝，我還特地找出以前也有一件類似的雪紡綠洋裝。

那件蘋果綠的洋裝是我少女的夢，我懷想起姊姊時總最聯想起的衣服，如雲飄蕩。

當我穿上洋裝，看著鏡中身影，我知道相由心生，外表反映內在，內在也能照亮外表，內外合一或互補，內外皆不虧失。也因此，我在照顧母親時，即使在家裡忙碌而蓬頭垢面，但出門至少看起來不會顯露自己的憔悴，甚至還刻意用美麗來妝點心情。

我懊惱當時沒跟姊姊說，妳值得過得更好，更美麗，更光彩。

00059

懂得的就懂得

整理母親的舊公寓物品，看到很多自我的「過去」，我當年出國前把舊書舊物全往母親的窩堆去，難怪母親的窩有一部分看起來頗凌亂。

但母親自己的房間與衣櫥都非常整齊乾淨，尤其衣服，每一件都按季節分類，按屬性收納。母親中風前些年，我一直沒有勇氣把母親的衣物整理送人，總幻想母親會復健成功。但四年來，母親因臥床，沒再穿過美衣，她只能穿我買的睡衣，且還得反穿。

時間治療了傷痛，現在可以一個人孤獨地在母親的房間整理她的衣物了。不像最初的時光，那種睹物思人瞬間襲來的椎心傷痛。

之後我留下幾件母親的衣物作紀念，其餘皆轉作愛心，轉贈弱勢單位。

表面我是在整理母親衣物，但其實卻看見自己，冥思著我沒有好好整理過自己的衣物，且經常任其蔓延擴大。物品反映著自己的內心匱乏或豐饒，我才發現自己的意志力並沒有想像中的強。

就像寫作也是在某種豐饒與匱乏的兩端擺盪，希望能寫給心目中的讀者，寫給理想的讀者，寫給懂得就懂得的人。不須解釋，不用溝通，甚至連誤讀都美。如降靈大會，依心領而神會，或雖不解但卻知你想抵達的遠方。

就像低調而精緻的美學，不張揚不浮誇，要從細節處才看得到的精緻。

但走到這一步需要時光走過，經歷淬鍊。

最初寫作我也是時而炫技，象徵譬喻意象不斷交互堆疊，像魔術師，變化騰空翻轉，總想一顯身手。

就像張愛玲早期每一篇讓人目眩神迷的短篇小說，才華洋溢，忍不住炫技，彷彿要告訴天下人，高手在此。但等到她寫《半生緣》，敘事引擎轉緩，筆墨一路順情節而下，不再飆高，不再過熱，反而處處充滿著她對際遇的感嘆低吟。

華麗的詠嘆調，轉成命運的交響曲。

就像我自己也從波希米亞的異國情調轉為低彩度的色調。

記得幾年前，我剛去當代班櫃姐時，穿得可能比設計師還像設計師，老被客人問身上的衣服在哪兒買的。幾天後，被店長交代只能穿黑色系衣服上工。我才恍然大悟，客人進來的視覺焦點是衣飾而不是櫃姐，我喧賓奪主了。

但全身黑，看似容易，其實更需仰賴細節。就像寫作，細節完全是決戰點。

近來常見老錢風（Old money）穿搭，黑灰白，重視裁剪版型材質，十分低調，是穿給懂得就懂得的人。

我們沒有繼承老錢，我們只有自己賺的新錢（且很快就沒錢），但沒關係，氣質就是最好的時尚，難以打造的細節是個人獨有的底蘊。

文如其人，大概也是這樣。

據說張愛玲以前剛出書時還會去印刷廠看自己的書打樣印製，廠房的工人們全都停下來對她的衣裝行注目禮。中晚年後她卻大隱於市，難得一見，如文氣文風之轉變。

年輕時光青春人大抵都想被注意，故炫技張揚，在各種競技場。

不免想到媽媽的印尼看護阿蒂，她總是穿印著一堆仿名牌LOGO的衣服。

近來整理要送走的衣物，發現竟有不少露肩的，年輕時才有的打扮。就像夏天時節，陽光一露臉，就會在路上看見迫不及待露腿露胸的女生們，若沒這些長處的，就露手臂露腰線……看著眼前流動的衣裝潮，有時我不禁自嘲，我寫書，就是露腦。

露出我的腦中所思所見所想，書就是腦部的外顯衣裝。

但露腦是最不容易被看見的，除非深談，除非是同好者。難怪買書者如此少，買衣者如此多，畢竟「外露」總是比「內藏」容易被看見。

但內藏的細節與精緻，懂得的就懂得的。

00060

對治病情的路徑

我有了自己療癒自己的奇怪路徑，練習凡事盡量靠自己。

當了代班櫃姐之後，我和衣服的關係忽然換了位置，說也奇怪，換了位置看這些衣服的欲望全都降低了。

換了角色後，這些衣服我覺得反正它在那裡，且我想的是如何把它賣掉。最重要的是當我變成櫃姐之後，開始會捨不得花錢買衣，因為只要一想到如此低薪時，那些衣物的價格於我就如天價了。為此，當發現賺錢竟是如此難時，代班櫃姐無意間因此治好了我的購買欲。有人一定會覺得很奇怪，邀請我演講的費用高我不去卻願意來此廉價蹲點？

分析起來，我發現來時尚專櫃店代班可以讓心短暫逃逸歇息。因我當的這個代班櫃姐是沒有業績壓力的，且因短暫離開母親的病房與寫作的飛揚思緒，又有美麗時尚櫥窗可對望，彷彿可以瞬間把藥水味換成香氛，把尿片換成亮片。

櫃姐短暫去除我身上沾染的醫院氣味，代班廉價時薪治癒了我的愛買症。同時因長期當母親看護，日久也成了失語者。而當櫃姐需與客人對話，為此還療癒了我的失語症。

很奇怪當店員與客人是兩種心情。

當客人什麼都有興趣看，當店員就整個理性起來。

正牌櫃姐和我聊到購買病時，她說她以前當過鞋店櫃姐，去賣鞋之後，就治好了她的購鞋癖。百貨專櫃就像聯合醫院似的，女人來此治病，治療日夜思念那沒被帶回家的懸念之物。有女人說，刷完卡後，快感就消失了，彷彿踩空，無掛念了。

某些櫃姐不意之間在此都治好了愛買症，她們把購買癖讓位給客人，客人買，櫃姐就開心。

我有個收入很高的未婚朋友，她在小七排班打工頗長時日，時薪也是基本工資，聽來她去是為了殺時間解寂寞。

為何要去辛苦打工？

她說，為了對治傲慢，我常自視甚高。

這是我聽過最浪漫卻也最奇特的理由。畢竟多少人為了生活風塵僕僕地日夜打工，不得已地成了斜槓者。但她竟是為了治傲慢症而去打工，可能很多辛苦人聽了不禁想扁她一下。

不過，想來是有意思的，原處高位的她打工須彎下身段，不斷地吐出歡迎光臨謝謝光臨，甚且被奧客數落或客訴。

我和她聊天時，確實感受到她不再張牙舞爪，多了同理心。

有時候，我們為了治療自己的心病，會透過各種奇怪的路徑。比如有人寫作治病（卻可能加重病情），有人為了療癒失戀而購物忘傷（可能反撲更甚），但無論如何，這些路徑起初都是嚮往改變的。改變帶來新的可能。

00061

當櫃姐遇上桿姐

守著專櫃的櫃姐終於下班了，站了一整日的雙腿，冒青筋、發疼著。

站功一流才能當好櫃姐。

迎面是騎樓下等待最後一波晚上下班潮的桿姐（桿弟）們，他們守著一排排衣架鐵桿、守著路過的每雙眼睛。

我當櫃姐時常會跟桿姐買些小物，帶點相濡以沫似的心情。尤其喜歡跟上了年紀的桿姐買，她們往往在街頭擺了三十多年，看盡千帆過盡，嘴巴都很甜。

阿姨跟妳說，妳穿這衫水噹噹，很對組。

他們的衣桿上往往貼著最便宜的數字小牌以吸引客人駐足，只要駐足就是機會。

這讓我想起我的母親也曾是舊時代的桿姐。

小時候每到過年都會和媽媽去擺攤賣春聯，媽媽教我推銷話術就是喊十元十元，人們會因為這麼便宜而停下，人一旦來了，媽媽就會想辦法讓他們至少買樣東西離去。

不是十元？客人揚著春聯說著。

十元有啊，紅包袋。媽媽笑著說，然後指著客人手上拿的春聯說，這是最後一副了，算便宜些。

我在旁邊想，明明攤位底下還有好多呢。

媽媽不太識字，但她喜歡字。客人問著字，我都在旁邊幫忙念著春聯上的吉祥話。桿姐們的衣服桿子上貼著一百九十九起，「起」這個字，總是被寫得很小，但已吸引了人們見獵心喜的目光駐足。

這也讓我想起在紐約時，99 Cents 店是我經常購物之處，彷彿它是窮人的天堂。在那個天堂裡，我和許多來自底層的各國族裔們錯身，尤其耶誕節前，彼此擠在快速滿足節慶的小小通道裡。假寶石手鍊口紅眉筆阿斯匹靈感冒藥等，被像富豪似的丟進籃內，就像蕭條時代的口紅效應，口紅是基本好物，而飾品也是，當全身都是基本款時，搭配小小配飾就能畫龍點睛，讓沒有餘裕者瞬間有如點亮的仙女棒。

這些小物對某些人來說是有撫慰性或紀念性的，比如我在沙漠買過的毛茸茸小駱駝與玫瑰石，或者被鑲在玻璃內的永生花。

每回我看卡通版的豆豆先生，最喜歡豆豆先生的房東太太與泰迪熊，在尖刻與溫暖的兩端裡，無言了所有的生活寂寥。

物是個性的延伸。我有個菁英朋友，他的家裡除了書本之外沒有任何裝飾物，表面看很斷捨離，但和其聊天除了聊知識外也就沒了，聊久也感到枯燥。

還是這些撫慰人心的小物有意思，且買下它們，毫無懸念。

妳年輕穿這個好看又顯瘦。
給了桿姐四百元，她把九十元的尾數自動去掉。
妹妹，謝謝妳喔。
啊，懂女人心的老江湖，夠甜了。
桿姐又說，阿姨擺到十點，但有時陣沒來，擱愛躲警察，找偶可以先打手機喔。
她竟有名片，上面印著小燕子服飾，手機號碼。
櫃姐遇見桿姐，偶輸了。阿姨的台式熱情和我的文青風格相比顯然更勝一籌，光是她那般熱心地叫著美女、美眉、妹妹，都是讓人在極度疲倦下覺得如此的情真意切。

00062

櫃姐禁忌

對還沒有進入年齡感的人，突然被叫阿姨和阿伯心裡其實是很受傷的。
朋友只是中年，但有一天他可能沒睡好，買東西時聽見櫃檯的人叫著阿伯，我先幫你結帳。
朋友看看四周，沒有別人，就是叫他。他悻悻地走向收銀檯，心想天啊，竟被叫阿伯，心裡真受傷。這件事他跟我說了好幾次，被語言毒劍刺傷，好久都不會康復。

可見語言多麼重要，難怪經常看見店家有人貼著：做好事，說好話。以前看到總覺得俗，現在才明白好言好語真的可以讓世界太平，再加上一個微笑，就天下無敵了。嘴巴甜又笑臉迎人，心再硬都會融化。

近日有個新聞，高中生搭公車投幣少了錢，司機認為此舉想逃票，高中生血氣方剛聽了忍不下這口氣，於是邊丟了比原車資更多的錢時，邊回嗆了一句：乞丐啊……之類的傷人之語。一來一回，就鬧大了。

難怪比較會做生意的人，嘴巴都甜，走一趟市場，美女帥哥，此起彼落。當然這種稱呼不免做作，如謊言糖霜。不過糖霜仍是甜的，不讓人討厭。有經驗的賣家識相，不會亂叫客人阿姨大姐之類，畢竟有的人只是看起來糙老，未必就年紀大，何況寧可把人叫小了，總是能討顧客開心吧。可是偏偏有的人很白目，總是隨便喊人阿姨叔叔伯伯的，表面是尊稱，其實可能緣於無察無感於對方的感受。

我並不習慣叫別人姐，即使明知對方年紀比自己大，我通常是直呼其名，如遇文學前輩也不會叫對方姐（會稱老師），可能因我是獨生女，沒有姊妹，說不喜歡不如也可說是不習慣。不過比我小又認識的人叫也還可以，畢竟也走到了姐的年代。

但我認為還是要視情況叫女人姐，因為女生很討厭被看起來比自己老的人叫姐。叫大姐或阿姨更是要謹慎，除非一看就是老太太，那當然另當別論。總之就是自己別裝小，也別把別人叫老（除非對方喜歡這些稱謂）。

還是網站貼心，客服總是寫：小姐姐小仙女小美女小親親，這被電腦程式寫入制式回答的簡體字：「亲」，某種程度竟給了我一種陌生人的奇異安慰。物美價廉不心痛，不到百元人民幣讓陌生人掏心掏肺個個都叫我「亲」，且滿口寶貝寶貝地甜膩喚著。叫得我的生命荒原，瞬間桃花朵朵開。

那是我最後的青春燃燒。我知道母親如果還能走動，還能目睹她鍾愛的女兒，母親會喜歡我這種時尚的樣子。

櫃姐話術，那些網站流行字詞我都可以隨口說出，就像一個米蘭時裝週主編的詞語。秋冬一片絲絨，柔軟發亮甜美豔麗。術語出籠，撩人，小賤人，撩漢高手，每個店家都使出渾身解數。韓版正版是關鍵字，東大門、明洞，讓我熟悉得如士林夜市。

在照顧母親的這段時間，唯一能讓我用時尚想念的地方是首爾，我因為短暫去參加會議而在時尚之城買了些衣服，現在仍穿在我的日常生活裡。

那些又燦爛又孤單的男孩女孩行經而過，頂著線條精準的版型襯衫裙褲，他們已經不是張愛玲小說舊時代下的那種煙視媚行，而是快速跟得上時代的純真，且要永不老去的美麗停格，彷彿不知人間有疾苦，首爾的男孩女孩離我這顆荒涼的心好遠。

00063

紙本書控

流行是一種集體眼光下所體現的美，流行讓許多人面目模糊，許多明星之所以為明星就是因為有著讓人容易辨識的容顏，但現在卻不僅容易撞衫撞包，且還撞臉。有的女星雖然整得很美，但卻失去個性，失去辨識度，失去仙氣。

不是明星的人，有時候就未必喜歡被注意了。像我就很不喜歡被盯著看，所以有時候反而刻意穿流行感的衣服，發現流行衣裝有一種奇特的安全感（除非喜歡凸顯自己的人），甚至可以說當穿流行品上街時，很容易就融入川流不息來來往往的人潮中。

我有過的經驗是，當我穿著非常設計師的獨特個性衣裝時，走在街上有時會被行注目禮，這讓我很不習慣。於是我不禁想著美麗與流行的關係？美麗除了因為年齡而改變風格，更會因一時一地而改變。打扮和習性及個性有關，比如有的女生就是討厭穿裙子。難怪有些女星一「變臉」就沒辦法和過去連結，失去辨識度，等於是和過去切斷。

其實美麗與聰明可為鄰，就像身體少不了靈魂，智慧與慈悲必須為伍，這是我人生的兩對翅膀，缺一不可。

00064

拿破崙翻越阿爾卑斯山

妳的審美觀從何而來？

我曾這樣被問著。

因為我的母親是不太有審美觀的。走在小鎮巷弄大街上，所有的台式大嬸都可能是彼此的鏡子、互相的翻版。

我的審美觀有些來自天生，有些是經年累月熏習來的。

我從小就愛布置我的小桌子，喜歡有盞小燈增加氣氛，喜歡美麗的裝飾小物，總擺著些水耕植物。

但母親曾買過一張有著金框的油畫，不知為何她會買一張很大的油畫複製品，一個西洋男子騎著奔騰的馬做飛越狀。很多年後，直到這張畫因為搬家被她丟掉或轉贈了，我才知道這張圖是有來頭的，作品名稱〈拿破崙翻越阿爾卑斯山〉。又過了多年，我在巴黎凡爾賽宮與維也納美景宮才親見這張油畫的原版，童年家裡掛的是維也納美景宮版本，且竟然大小一樣，百分百拷貝。

為何有這張複製品油畫？

我深入記憶核心，想起童年確實有個男子總是在路邊賣燈與油畫，沿著校園的外牆擺了一整排已裱框的油畫複製品。一到黃昏，讀小學的我從校園圍牆行過，總是一張張地看著，畫框靠著校牆，直接擺在地上的畫框高度甚至比我還高，泰半都是風景，稻田麥穗高山白雪，沒看過的島嶼風景。

但我記憶中並沒有在校園牆外看過家裡客廳掛的這張畫，當然因還小也沒聯想過我的母親會是個買畫的人。何況畫作和母親實在很難掛鉤在一起，不只因美學品味，更多是因母親務實，裝飾性的東西在她的眼裡都是多餘的。

但總之有天回家，一開門就見到當時不認識的拿破崙了。我小小的個子，仰望著高懸的一張油畫。母親當然也肯定是不認識拿破崙的（她只知破掉的輪胎），但她也許也曾幻想過我的父親可以像畫中男人般地英姿瀟灑，勇猛有膽識？

我想到要問她時，她已經無法說話了。

我後來想母親也許真心喜歡這張畫，也許有人欠她錢以畫賭債？那是個經常掏腰包幫忙親朋好友的年代，這讓我對這張畫很有感情。而那個擺攤的老闆應該是工廠倒閉？現在想想那些複製油畫作品就是梵谷米勒雷諾瓦米羅之作，讓買的人家裡掛起來美美的，回想起來油畫的品質並不差，是複製在布面上，還頗栩栩如生。倒閉的工廠，跑路的老闆，在街頭賤賣著換現。

二〇二四年七月因參與台灣作家在中歐的朗讀會而重返維也納，特別去美景宮再次欣賞這幅圖的原版真跡。在此圖下凝視甚久，我彷彿變成了小女孩，在我家的客廳望著這張油畫，耳邊傳來的不是夏日遊客如織的耳語，而是母親在客廳踩著縫紉機的踩踏聲響，她邊唱著〈思慕的人〉……

00065

為愛買衣

上天給我補考親情的機會。

代班櫃姐的短暫工作，總能帶給我在母病漫長黑暗時光的一種密室逃脫。之所以能逃脫，是因為我帶著小說家的想像行經眼前的這一切。

比如我常想著客人的年齡職業，從其風格想像著他們的喜好，平常是怎麼過日子的。

有次遇到進來逛的是一名年輕男性，我本以為男生是喜歡做女性打扮，但顯然我想太多了。

男生怕我尷尬，忙開口說是來買給女朋友的生日禮物，他曾看過女友滿喜歡逛這個品牌的網站，希望我能幫他挑選。

我心想又沒看過你女友，這考倒我了。於是問著他關於女友的細節，比如胖瘦，穿著的風格等等，如此才好推薦。男生竟也不細想，就說跟妳差不多高也差不多瘦，就挑妳喜歡的風格。

這讓我想到有個做珠寶設計的女性朋友，遇到一個要她做戒指設計送給女友的男人，她不知道戒圍。男人卻說戒圍以她的左手無名指來丈量大小即可。最後設計好了，謎底揭曉，男人就是要送她的，用昂貴的戒指追求她，最後這個男人成為她現在的老公。

當然我的故事很簡單，就只是幫這個男生挑衣服，依我的身材與喜好，幫他挑了一件偏文青風但細節很精緻的洋裝，他結帳離去，不知後來他有沒有討到女友的歡心？

村上春樹有篇短篇小說描述一個婦人去國外旅行，要回國前去商店為老公買衣，在店家不斷回想老公的身形模樣，最後心生厭惡，回國竟想跟老公離婚。

這一天，走進一個斷臂女人。

很難忘記她，因為她有一邊的長袖空蕩蕩的。

我還沒問，女人就輕描淡寫地說車禍。

妳家人一定很心疼妳，我說著。

女人一副沒有人會心疼的神情閃過，有幾秒的落寞隱藏在眼睛裡。

來幫女兒買衣服，她嘴裡喃喃說著買了不知她能不能穿，喜不喜歡穿？

婦人說女兒愛漂亮，時髦。

要不要挑亮一點的？我建議。

斷臂女人後來挑了流行款，紗裙與牛仔褲。又在我的推薦下買了綴飾著可愛泰迪熊的白T。白T搭紗裙，軟硬材質對比，很潮。又推薦她買打折皮衣，皮衣搭紗裙也好看，衝突美學。

斷臂女人如此愛女兒，可她看起來好寂寞，孤單的手臂也讓我難忘。

好希望她的女兒可以陪她來買衣服，而不是她一個人孤單地逛著，且還不是買給自己。

在我青春期之前，我媽媽也經常幫我買衣服，但我從來都只愛穿自己買的，嫌她買的土氣，漸漸地她才放棄幫我買衣了。

後來她曾數落我出國旅行時常忘了她，沒買過衣服送她。其實我常想著為她買衣，但當時真的不知如何買媽媽的衣服。

哪裡知道，媽媽最後晚景的七年衣物（乃至於她入殮的壽衣，以及放在棺木內燒給媽媽的衣服）都是女兒親挑的。

謝謝母親讓女兒終於有了贖愛的機會。

00066

如果不當作家

有個來過幾次的熟客一進門就往沙發入座，外面太熱，這裡是熟客路過時的暫歇處，且她們往往進來會買得更多，偶然比必然更容易成交，因為必然有太多的精打細算。

偶然卻因一時興起（感性）就刷卡了。

我問她要不要喝杯茶？櫃姐必要的留客手法。

她眼睛閃亮，彷彿找到停歇的港灣。

妳會怎麼選一天的穿著？我和她聊著，因每回我看她穿的風格都不太相同。

她低頭看著自己的穿著，笑著說今天運動風，剛剛去健身房，妳去嗎？她丟球過來，換我答。

我不去要花錢且還看不到風景的地方健身，也不想踏上永遠跑不到遠方的跑步機，也不喜歡旁邊有人，哈。我腦中飛閃過一群人像是處在玻璃動物園的樣子。

不去不想不喜歡，原來妳看起來跟外表的溫柔馴服很不一樣，她也笑著說。我第一次發現她還滿能聊天的。

如果運動之後接著跟朋友見面，我就會帶一件比較有特色的華麗外套，只要進餐廳套上外套，就可以和隨興的運動風對比。我聽著，晃到外套區，幫她看著一些新品。

妳呢？她邊看向我為她挑選的外套區，邊喝了茶回問我。

我很少和朋友聚餐，如果喝咖啡算聚餐的話，那頂多一年三四次而已。

她聽了彷彿我是從侏羅紀走出來的原始人，瞪大眼睛喃喃重複說著一年三四次，我是一週三四次。

所以妳需要很多外套，我笑說著，晃著手上的外套，牛仔外套和皮外套上有的織繡有的綴飾著閃亮的半假寶石，很適合她。果然她像被閃瞎似的走到我身旁，一件件地套著，幾乎每一件都喜歡。

上回她穿的是比較雅致的洋裝，帶著閨秀氣息，我猜想她那回是去見爸媽，她先前有提過她的父母住天母一帶。

妳上回穿的洋裝也很美，類似風格最近也有進一些。我帶她到洋裝區，她眼睛又被閃瞎，開始瘋狂試穿。

比較性感的可以和老公吃飯穿，我邊看著鏡中的她邊說著。

她笑著搖頭說，老公忙得很，沒時間吃飯且經常海外出差，性感的留拍照用，或穿著和他視訊。

我突然明白她的寂寞源頭了。

距離往往也能保鮮，日常不抱期望，突然到了見面日反而開心，我跟她這樣說，她笑了，喜歡我的說法。

天天見面才可怕，我就沒辦法和一個人在同一個屋簷下超過三天。

她驚訝我的超級孤僻，嘆氣說難怪妳單身。

不過現在我有同居者，且還和兩個人同居。

啊，和兩個人同居，她怪叫道。

一個失語的臥床媽媽，一個不太會說中文的阿蒂。

她乍然明白地微笑，嘆氣改為讚嘆。

那天業績超好，店長說我不當正牌櫃姐太可惜，甚至想延攬我當品牌的採購員。她也超喜歡我幫服飾店妝點的植物盆栽，我用的都是老件的手作盆器，侘寂與綠植有著對比之美。在服飾店的水晶燈映照下，美得靜默。有時還會有人推開厚重的玻璃門朝我問外面的盆栽多少錢？

當我說非賣品時，他們竟流露失望表情。

我想起媽媽說過的生意囝歹生。

生意其實是要有識人之明與具備風格美學。

如果不當作家，原來我可以做的事這麼多，而這麼多事最後也被我全兜攏到寫作了。

00067

機器人櫃姐

陪病過程，手指滑購物網站，成了靠近美麗邊緣的危險之心。一個按鍵就足以使負債不斷堆疊。

機器人躲在購物網站的背後觀察著指尖的點閱心思，看了很多次卻下不了手的，立即發送限時優惠來釣胃口，反覆放到購物車卻又刪除的，立即發送獨家折扣號碼禮物券來讓猶豫者覺得不買可惜而結帳。或者提醒放在購物車之物快結帳，很快就會銷售一空的訊息。

機器人擬仿消費心思，比櫃姐還櫃姐。許多暗夜哭泣的女生轉而擁抱機器人，購物一解憂鬱。女生不斷暗示自己最後一次，卻永遠有最後一次。藉口很多，從心情不好到心情極好，都顯現在消費心理狀態，以前是拿出信用卡那一刻簽下名字就結束了快樂，現在是指尖按下卡片背後三個號碼時，就彷彿店家打烊了般。我想起朋友的快樂與惆悵，她之前陪病其母親時也是看著電視購物台亂下訂單。同時間，我也看到自己像模特兒似的在母親面前換衣走秀的強顏歡笑與苦楚。

原來每個女兒在母親倒下時都有機會變成消費狂人。或者每個女人都可能在愛情挫敗時前進購物王國。

一切都結束了，時光沖刷了懸念。

結束綵衣娛親後，我突然再也不愛這些沾過眼淚的衣服。我從買方轉進賣方，在網拍人生裡整理爬梳多年來的物品。把只穿一次或來不及娛親的衣物拍賣而出，兼將自己從印度尼泊爾等地買的刺繡物手織圍巾一起在網路售出。

每天等待叮叮咚咚的訊息響，客人詢問大小尺寸與材質。綵衣娛親的衣服，將它命名為「雲遊物」的網路生意興隆。

同樣的指尖滑動，賺錢的指尖和消費的指尖沒有不同，二者喜悅過程近似，買端開心將到的美麗，等物品等得心焦；賣方開心被欣賞，等錢入帳等得心急。我開始像母親當年在市場般五元十元地寫著價格，慢慢懂得為何母親即使有錢時仍捨不得花用，買東西一定殺價的原因。市場人生，都是數字，數字都是故事。買低就是賺到，買貴就是吃虧，數字不是使人俗，數字使人看清現實。因為每天進帳的等待，入帳之不易，入帳之可愛，使我竟逐漸連兩三百塊錢的東西都不下手了。忽然治好了我亂消費的習性，終於可以將很多感情與心情丟入回收場了。

00068

空己所愛之難

女人最愛和我聊和母親的關係。

聊天時，我想著母親的衣物雖是其房間主要大項，但卻井然有序。

母親衣物雖多，也不過是我的一部分而已，且多半是因她捨不得丟才累積的，不若女兒一直擴增新的領地。

母親的房間與衣櫥內外都極其整齊乾淨，衣服都摺得像是豆腐塊，彷彿櫃姐才會摺疊出來的方塊，原來母親比我更適合當櫃姐。

當時陪病在讓人窒息的醫院，因此往往離開醫院後，會往物質明亮的世界晃去。

我也開始重新審視自己與物的關係。

我的佛學老師曾說要把自己喜愛的東西送人，而不是送自己不愛不要的東西，慈悲喜捨，捨當最先，順序應是捨喜悲慈。這一點目前對我還是困難的，捨自己所愛，而不是捨自己之不愛，這還需要時間鍛鍊。從捨不得到捨得，捨愛難，那麼先來練捨不那麼愛的，接著捨次次愛，再來是捨次愛，最後捨珍愛，「捨」對我這樣的凡人需要時間反覆地練習。

空己所愛，須大捨之輩。

00069

潮浪

現流行穿「男友襯衫」，女人唉嘆無男友，但很多襯衫。

Y2K（year 2000）千禧風也一度回返。兩截式的衣服，突顯腰身。

廢包流行過度就轉回流行超大包，潮浪如斯，去而復返。

拿起兩件式衣服的婦人很快就放回了架上，放回去時我看見她下意識地瞄了我一眼。

我瘦下來最先瘦的是腰。以前常被說是水蛇腰，後來一度水蛇腰變水桶腰，尤其在照顧母親最初一兩年，因是新手，加上還深陷母親臥床的悲傷，因此從沒時間也沒心情好好吃飯，經常外食，又愛吃麵包糯米製品與炸物，且吃零食超解壓，水蛇就成了水桶。

母親進入如四季的秩序長照之後，有一日我不想再穿禪風式的寬鬆棉衣，打開久沒穿的衣櫃，竟發現滿櫃子洋裝長裙我都穿不下，那時候為了穿下這些美麗衣服，決定瘦身。瘦身之後，逢疫情，一度起起落落，在家時間多了就是會吃吃喝喝。把一些瘦身照貼在冰箱，提醒自己。又逢顯腰兩截式的復古風流行，於是繼續瘦腰。

婦人說，妳腰細，穿近幾年流行的衣服都好看。

近幾年流行的泡泡袖洋裝，確實都是為細腰者設計。

多肉植物那麼療癒，人為何多肉就要被嫌？其實妳的身材有點肉更好看，我說著，邊幫她找合適衣服。

然後她又要我幫她挑墨鏡。

墨鏡確實要找人看，自己戴上墨鏡照鏡子根本不夠清楚。

婦人顴骨較高，我建議她挑大款的，貓眼墨鏡不合適。但她還是沒將貓眼墨鏡放下，於是我又挑了豹紋大款和玳瑁紋路的給她，如此就具有貓眼色澤卻又有方形遮臉骨的效果。

她試戴了幾款都頗為滿意，終於把奧黛麗‧赫本的貓眼放回去。

戴墨鏡要配合臉型，還要戴出氣場。

妳很有眼光，下次都找妳買。

我笑著幫她結帳，我很喜歡聽掃描器掃過標籤時紅外線的嗶嗶聲響。

標籤就像斑馬的紋路，看似一樣，卻都不同。

謝謝妳，希望妳常來。

我沒說出口的是，其實我只是代班櫃姐。

也許很快就不代了，看緣分轉戰場。

00070

昂貴的僧侶服

一個穿著類似僧服的人進來。

她說她不是出家人。

我點頭微笑，一臉的明白。就像喜歡川久保玲或者山本耀司的人的打扮，帶著一種僧侶的清瘦氣質。

但卻是極其昂貴的僧侶服。

據說出家人買東西不殺價也不能殺價，因為殺價會長養計較分別之心。何況成佛路程也無法殺價，該付的代價都不能省去，頂多重罪輕受。

00071

捨前先檢查

設定好網拍與關帳日期之後，結束網拍，剩下不再穿的衣物一一打包，那些衣物象徵和母親緊密連結的一段悠長時日，也象徵討好母親品味的遠離，之後我就只需討好自己了。

那時周邊都是什麼樣的東西呢？

母親的喜好非常簡潔，泰半都是單色系的，日韓譜系的線條。母親倒下期間時尚流行的紗裙我也買了不少件，讓我回到孩提時代的粉嫩洋裝感，少見的棉花糖馬卡龍色彩。

網路買物，經常被圖片所蒙蔽。

常常在網路平台購物，如價格不高產品也還勉強可以，通常我會懶得退換貨，將就使用或者轉贈給別人，我想這或許是為何網路平台不怕退換貨，像我這種懶惰心態大概不少人有吧。

我有個朋友常說要剁手指，因為她經常手癢亂買東西，卻又買了退，退了買，久了被列為黑戶。她說夜晚一個人不能亂打開購物頻道或逛網路商家，多半夜晚心志脆弱，若加上和先生吵過架或心情需要解悶，購物就成了某種心情的轉移。然而隔天睡醒，黑夜過去，寂寞離開，也多半會後悔而辦了退貨。

我的母親沒有在網路買過東西，但聽廣播買產品幾乎成了他們那一輩底層人常有過的經驗，那些來路不明的藥品竟成了他們晚年身體的致命傷。畢竟那個年代沒有什麼檢驗商品的機制，廣播人又很會吹捧，老人家耳根軟，又沒讀什麼書，知識有限，很容易就買了一堆奇奇怪怪包裝的產品回家。

除了藥品，母親是非常節省的，我印象深刻的一件事是有一回她在市場買了一件大約四百九的牛仔褲，回家試穿不滿意，拿去換。但她事後想起，在試穿牛仔褲時，把剛剛小販找給她的五百元鈔票隨手給放進了口袋，她買了卻又忘了這事，還拿去換成別件。待她想起時，市場早散了，小販也走了。

這件事她每回想起就心疼，我聽了好不忍，好想偷偷在她的牛仔褲塞一張五百元鈔票，好讓她驚喜。

我有一回在百貨公司買皮夾，為了試試皮夾長度能否放進千元鈔，但之後沒有買那一個試放千元鈔的長夾，等到回家才突然想起這事，只好立馬再折返。到了櫃位，皮夾還在，打開千元鈔也還在。櫃姐笑說還好妳想起，也沒被客人買走，不然連她也不知道啊。

如果跟路邊流動小販買，就很難尋回了。

之前國外新聞報導，某個人買了舊沙發回家，沒想到在擦拭舊沙發時，發現木把與坐墊夾層竟有一支價格高昂的古董勞力士錶。彷彿古物穿越時空來找新主人，新主人也很幸運，將跳蚤市場買來的舊物轉成黃金。

之前整理母親房間時，我也欣喜發現多年前一直以為遺失的白金項鍊以及老玉環，還有更珍貴的是找出許多褪色的黑白照片。如果當時不是一一打開仔細尋著，很可能就整包丟掉了。

可見不論退換貨或轉手物品，或丟棄物品，看來都得先好好檢查一番。

00072

極簡與簡單

極簡主義者主張半年或一年內從沒用過的東西大抵就可送人或丟出，還在猶豫的東西不裝進紙箱，因為只要裝進紙箱就可能會經年累月地封存著。

我自己的經驗是一年未必是檢驗的標準（比如我經常遇到一年後突然需要用到的東西，像是因心境改變導致穿衣感也變化時，比如可能穿膩黑白布衣之後想改穿時裝衣，於是某些被冰封超過一年的時尚外套或皮衣就又穿得到了），所以我將不同風格的款式各留一些，且確定是自己還喜歡的樣式，放著以備心情轉換時可以替換。

極簡主義還提出只留下百分之二十，這個比例自己可以調整，畢竟每個人的工作環境不同，因此有時候也牽涉到物品必要的多寡，但原則是留下的都是喜愛的。我喜歡極簡主義者的「原味」與「真空」精神。但我以為東西不必一下子全丟棄，可以逐步建立和物品之間的關係，重新思考生活。

任何的「極」不小心就會走到極致或極端，極端有時也會帶來偏激，所以我以為極簡倒未必，但簡單則必要。

00073

露腦的人

一個女人是由許多的元素組合而成，精緻的妝容，細緻的布料，美麗的衣裝，其中衣服占了很大部分。就像山本耀司說的衣服是一個人的延伸。張愛玲說衣服是移動的舞台。

但我發現台灣人對衣服的自覺性並不太夠，大部分都是跟著流行走。走一趟夜市，滿街快時尚平價衣服就知道設計師難行之路。

大部分的人都是就身材去搭衣服，所以我們看到穿迷你短裙的一定覺得自己腿美，有胸器的穿低胸，鎖骨好看的穿低領，手臂細的常穿無袖。把個性放進衣服的明顯標誌是灑脫的人會喜歡穿牛仔褲，喜歡舒服典雅或者茶道中人常穿棉麻衣服，行旅天涯海角的可能穿得像波希米亞，出家人的衣服當然都是包得緊緊的，不給任何遐想的可能。

有朋友問我，既不穿短裙短褲也不露胸，除了露臉，那妳還能露什麼？

我笑說露「腦」。

作家是一個不斷暴露腦子給別人看的職業，腦子包含思想創意種種。

腦子是我全身最美的器官，因為想像而馳騁。

但腦子也是最看不見的，所以買書的人少，買衣服的人多，衣服可以瞬間獲得讚美，智慧被看見卻是漫漫長路。其實美麗與智慧本不衝突，甚且有智慧的人會知道如何打扮自己才能彰顯自己，因為打扮和了解自己的個性有關。

我穿衣服的尺度很寬，也因此風格像是一張世界地圖，從印度華麗風到簡約禪風皆有過，從織繡印花到黑白棉麻都是我喜愛的，這和我的個性也頗像，不喜歡拘泥在某個框架中。不過近年變化頗大，之前一度進行：重返十八歲計畫；因為母親中風，我想討好她，回到她喜歡我的年紀的樣子。後來母親眼睛完全失明了，我穿什麼她都看不見了，且當時內心哀傷著母親的生命在和時間競速中，可能分秒都會轉身。於是我又穿回了黑白灰系的衣服，彷彿準備著這場最漫長的告別隨時可能的來臨。

衣服裝扮，露出了心情。

00074

物我之間

熟客與櫃姐互相交流資訊，彼此舔著奇怪的欲望傷口，熟了也會交流與互換物品。

物我之間，欲望黑洞。

現在流行找整理師來家裡清物，為了省時或者真的無從下手，確實可以考慮如此方式。且因斷捨離難的是心，而不是物的本身。丟容易，還原難。或許因此找整理師代勞，因為難丟的是物背後牽連的情。

但我是一個喜歡經歷過程的人，自己動手整理，可以慢慢和物品一起回憶往事，然後才說再見。少了這個過程會進入近乎失憶狀態，沒有細節，少了來來回回的自我檢視與一一忖度，即使整理師會陪伴個案篩選留與不留，但外人在總是少了自我與物件的私密性，少了緩慢的耳語對話。

在母親中風大約第四年，我意識到必須著手整理母親的房子，堆滿母親中晚年的大量物品，我必須代替母親回來整清舊物，不先行整理，如母親離去，衣物將變成遺物，將難以轉贈。同時我怕母親亡後，屆時我會傷心到無法整理她的衣物。母親尚在時，開始整理她的屋內物品，就像我只是代勞而已，我只是一個打掃婦，因而在整理時就不難過了。

整理母親的屋子相對容易，因為她只留了幾件女兒可以繼承的東西，除此之外，母親再也用不到的就大膽且放心地替她割捨了。

最有意思的是竟找到母親的小學畢業證書，我一直以為在農業年代身為長女的母親其下又有七個繼母生的弟妹是不被允許去上學的，但我記得母親真的連自己的名字都不太會寫，會不會校長太好了？

母親穿舊衣，曾被一眼看穿是多年前的樣式，她竟因此感到受傷，彷彿被拆穿了多年沒有買衣服的時光停滯。

多年前的舊衣究竟是老款還是復古？

有幾件母親的外套我保留紀念之外，泰半是要捐贈或回收的，畢竟她和我的身形差異甚大。但為了留哪幾件，也著實選了這件又換了那件，花上不少時間。

年輕時整理父親遺物就更容易了，父親以前閒暇時會寫書法字，他的字還滿好看的，細瘦的像是他的樣子，有點像是宋徽宗的瘦金體。但他很少寫，他的手多半是用來拿菸，很少拿筆。他總是胸無大志，也沒有任何物欲，除了菸與酒難戒之外。這世間好像沒有任何他留戀的，悄悄地來又悄悄地走，整理他的物品非常快速，幾件衣物就清空了。我有幾張舊鈔票被放在囍餅鐵盒裡。如果將紙鈔拿去檢驗或是抹上粉末，將可顯現我父親的手紋。最後母親從皮包裡抓出的紙鈔，要他好生握著，在嚥氣前。長年窩在囍餅禮盒裡的手尾錢，我想著以後這錢可以和母親留給我的手尾錢合體。

整理他人的空間容易，整理自己的空間難，陷入時光隧道，怠速龜速狀態，因為每一件物品都有回憶，或者因為知道當時買的價錢而捨不得就此捨棄。

00075

掃心地

自己整理物品，可以發現很多未發現。

比如整理衣櫃發現掉了一隻的襪子手套，擠在角落的冬日圍巾，甚至看見很多塵封多年的衣服，那些只穿一兩次的特別款衣服，可能是為了參加某場合而購入的。

那些衣服反映了時代流行的款式，望著特別款我心想再也不要買這些東西了，尤其是爆款，絕對不碰。因為流行是集體的目光，而不是自己的。爆款標誌的年分太清晰，很容易過時。

我們很容易買便宜的日常基本款，卻花較多的預算買特別款。就好像我們對待日常家人可能太隨意，卻小心翼翼對待外面的朋友。於今才明白日常基本款因為太常穿反而要買最好的，而特別款僅一些就足以應付少數的特殊場合所需。

衣服款式且折射了不同年紀自己的樣貌。年輕時「無袖」的衣服就占了很大的比例，資深熟女之齡，蝴蝶袖翩翩飛來，佐證地心引力的殘酷下垂。必須重新努力才能喚起身體的往昔線條。

雖然許多朋友覺得我仍然瘦瘦的，但其實只有自己心知肚明。而且衣服反映的更多不是身材而是心境，很多衣服不想穿，其實是心境變了。一段長時間就得大掃除，該丟的，該給別人的，總是大包小包地從家門吐出去。這些東西裡有的曾經是寵妃，現在已是白頭宮女。打掃完不要或用不到的東西後，我又望著這屋裡什麼是可以送給需要的人？這時邊打掃著空間，時間卻冷不防一一滑過腦際，這是哪一年買的？這是誰送的？很多人已經離開了我的生活圈，但物件卻仍淪陷在我家。或者我的物件也淪陷在某個人那裡再也回不到我的身邊了。

流逝的時光，許多變質的感情，一切如塵埃。打掃空間，卻看到更多無常與時光在追緊我的腳步，心的執著塵埃最難掃除，故要常掃心地。

00076

療癒小物

不知何時在包包掛玩偶已成了某種腹語術似的療癒。彷彿憂傷向誰傾訴，只有玩偶可任我們貼臉說真心話。因此我不丟的物件多半是這些跟我對話過的療癒小物，比如吊飾小動物，它們的毛色經年累月都沾著歲月的塵埃，但它們都彷彿有著腹語術，時時和我心裡那個小女孩說話。要丟棄這些玩偶小物，猶如要丟棄感情，於是它們被我放置植物盆栽的窗台旁，貓咪兔子狗兒猴子小熊……玩偶小物排列如星辰，讓我童心永駐。

00077

故事的挖寶人

整理母親的房間時總幻想會挖到寶，也許母親藏有很多私房錢，但只找到一些舊款鈔票以及沒有兌到獎的愛國獎券。

美國有很多倉庫，因應長期旅行者或者因為房子租約到期，不想再承租卻又一時沒有地方可以擺東西的人。但情況卻常逆轉的是，租倉庫的人卻不知為何再也聯絡不到了，於是倉庫只好依據合約到期有權出售倉庫物品的條例進行拍賣。

倉庫往往擠著很多物品，因而不可能一一清點，通常是拉開鐵門讓買家大致看一眼，買家就得立馬決定買或不買，也就是盲售。買到什麼好貨完全不知道，有人因此撿到寶物，有人也可能撿到廢物。小時候常聽大人說，好運得電視，歹運得番仔火，意指如此。

有一個二手舊貨商來到某老人家的家裡挖寶，二手商人看了某物品問說：這個要賣多少錢？老人反問你覺得它值多少錢？

二手商人出了個價，老人不願意賣。一旁的家人反而勸老人說，賣了吧，換點錢，你可以用這筆錢去旅行。

年紀大了，物品成了累贅，轉手給下一個新主人，兩全其美。

美國已過世的素人攝影師薇薇安・麥爾（Vivian Maier）這些年很紅，麥爾原只是保姆，朋友都不知道她喜愛攝影。麥爾晚年還把家中物品賣掉，拿錢去四處旅行。

哪裡知道麥爾的櫃內抽屜都是底片，買到麥爾櫃子的新主人將底片拿去沖洗，張張驚豔。底片最後還上了拍賣會，幸運地被業餘歷史學家約翰・馬魯夫（John Maloof）買下底片，麥爾的故事開始被追蹤，攝影作品問世。

我在柏林參觀過麥爾攝影展，非常迷人，影像觀點與結構張力都是傑作，她長期街拍，因而記錄了美國戰後街景與人物等珍貴影像。

麥爾賣了櫃子，有人因而挖到寶。有藝術眼光的新主人，才能挖掘到寶，如果物品流落到沒眼光的人，藝術品可能被當垃圾丟了。

據說二手商家最喜歡買工藝品或藝術品了，因為有行無市，可以開高價，也可能挖到寶。

有時候，我不免望著自己滿屋子的繪畫作品與攝影作品（還有沒有沖洗的一堆底片），心想如果有一天流落到有眼光的人手上，那真正是創作者的幸運。

麥爾給我們更重要的啟示是對日常生活不要失去感受，即使只是一個小人物，也可以長期累積創作，投入自己熱愛的世界，不為名不為利的初衷，有朝一日故事與物件的挖寶者也許會出現。

00078

陌生人的慈悲

母親的房間已淨空，女兒進入。

我也是個媽寶，卻是一個長年累月經常離開她的媽寶。

唯獨母親的衣物雖多卻無法賣，老婦的衣服沒有市場之外，也沒有人要買亡者的衣物。我想起在巴黎紐約的跳蚤市場，外國人卻不忌諱，跳蚤市場很多都是來自後代拋售之物。

我喜歡把跳蚤市場已無人可辨識的照片買回家，影中人雖不識，但卻感受到影像時光凝結的故事感在我的想像中流動。

跳蚤市場，猶如我整個青春過往。

我從波希米亞的流浪生活作為起點，一路走到了簡單人生。

母親重病還有意識之前，我曾多次寫過關於女兒的綵衣娛親。最後表演落幕前，我附耳對她說我將以母親喜歡女兒的樣子繼續好好地活下去。

母親的品味是不繁複。

母親倒下期間讓我回到孩提時代的粉嫩洋裝感，少見的棉花糖馬卡龍色彩有療癒效果。粉紅色如夢，女孩的夢裡都是玫瑰與泡泡。但這對我的夢太甜，我需要微甜或不甜，除了自找的感情苦果之外，生活本身其實沒吃過苦。有很多年我愛非黑即白，覺得酷，媽媽覺得喪氣。媽媽太苦，需要甜美。

受苦的母親離世，女兒終於沿著河流彎進了歸心之路。從外在裝飾長途跋涉回到清寂的一無所有。

我在筆記本寫下：就好像小偷到了一間滿是寶物的房間卻什麼也沒下手。

在出清物品前，想著過往旅行時總是很輕盈，雲遊者隨身東西少，居無定所的人不會囤積東西。但我卻常買旅行紀念物，或者和當地人交換東西。

移動者經常必須空無一物。

貝都因人，我旅行過的沙漠民族，在路上他們和我交換過原子筆與香菸，我得到一杯熱茶。他們騎上駱駝離去，揚起的風讓我的嘴上沾滿了風沙。

一個人的價值不在於擁有多少，而是在於他有多慷慨。會說英文的其中一個游牧人當他遞給我熱茶時這樣說。我當時沒聽明白，直到他們的背影消失在路的盡頭，我的舌尖仍有熱茶的溫度，想著那杯熱茶真的很慷慨，沙漠最貴的是水。

Sheikh，謝赫，我聽見被其他人這樣稱呼的這個名叫謝赫的人握住我的手親吻。進入部落之後，我才知道謝赫不是名字，是長老，是智者。

轉身，我們就轉成了陌生人，不再記得對方的臉孔。

我看著他們開心地再度騎上了駱駝，在風沙與影子下緩緩離開我的視線。

多年後，我記得了風，記得了沙，還記得了一杯熱茶的慈悲。

從此，我的樣子開始接軌比較接近普遍想像的時尚，讓花花草草退位。那些以前在中美洲、喜馬拉雅等地域的高彩度且裝飾性強的衣服皆退位，收起母親討厭的流蘇、不收邊的下襬、層層疊疊的，收起她怕我出家因而不喜我穿的類似道袍或寬鬆黑白灰褐色的禪風茶服。

母親喜歡輕時尚，看起來簡單卻不退流行的法國知青風與日韓系的森林風，自此附著在我的身上，黑灰白杏咖，襯衫寬褲，在基本款中注入變化。很多人很訝異我的改變，過去我予人的感覺總是很女性，紗質衣服有著繡花或蕾絲的溫柔，幾乎在年輕時常穿著，即使波希米亞的旅行年代，也會偷渡一點這樣的元素。

從花花世界轉成中性，時間竟來得剛剛好。如果早些年在我年輕或者在我旅行的時候我應該不會穿這種中性衣服。於今來到了智慧與獨特風格才能彰顯熟齡之際，襯衫變得帥氣而必要，優雅而知性。但我的中性是布料要有柔軟感，襯衫前幾顆鈕釦必不能扣，看起來有點不費力的鬆弛感是我最喜歡的調調。

母親喜歡中性？

我記得母親討厭大胸部，那應該算是靠近中性吧，她喜歡小胸，像伸展台模特兒那種扁平的。她甚至嫌我年輕時的臀部太翹，每回都打我的臀部說，收下去，不要挺出來。

用她的話是翹咚咚。

好像我的臀部翹得都可以打出鼓聲了。

穿寬褲之後不僅看不見我的細腰，也不見我非常女性特徵的翹臀。母親為何喜歡中性打扮？是因為她在市場工作，武市拚搏，簡潔的中性風容易打扮，她的中性風偏男人婆，女子漢。我的中性風偏娘，有點娘Ｍ（Man）混搭。

我一直百思不解，後來想她是為了保護我？穿中性衣服彷彿成了絕緣體，我不再風情萬種，中性衣著讓我很自然地往內看，收束起外界的電波。我忽然明白母親的用意，她一直覺得性感是危險的，引人注意是無聊的。

她說如果穿得性感（她用的詞是暴露），吸引來的都是蒼蠅。

我想起她曾這麼說時，在鏡中正面對著自己的中性打扮，西裝外套與襯衫上身，我忽然笑了起來。現在我是母親喜歡的異性絕緣體了，我想連一隻蒼蠅也飛不進來。

從小她就保護著我身邊不要被臭男人環繞，但我直到現在感情世界才真正地安靜下來。

00080

遠去的波希米亞女郎

整理衣物贈予伊甸園二手衣回收處，一連收了我好幾箱的工作人員看我的衣物都很新又如此多，好奇地問說妳是開服飾店嗎？卸貨後，我在心裡悄悄地跟遠去的舊我說再見。

那是遠去的波希米亞女郎，我的旅行家當與衣物都將轉給無數的陌生女子們，但願她們都能收到我的祝福。

長年以來，我被「波希米亞」的形容詞框住了形象，即使我穿整身黑衣黑褲也是被貼上波希米亞的標籤。除掉標籤真的很困難，因為刻板印象太深入人心了。

波希米亞我媽聽不懂，照她的話來說，我是穿得「不搭不七」的人。

我的穿著是如何礙著了我母親的目光，卻又如何被貼上「波希米亞」符號呢？首先礙著我媽目光的是新舊與東西風格的「亂搭」，褪色毛衣，起毛外套，沒有縫邊的花裙，短旗袍上衣下搭牛仔褲，繡花衣外罩刷舊皮衣……然而基本上我並無刻意穿出流浪風格，因風格實是一個人的整體，不是光靠衣著可以撐住，氣質才是風格的底蘊。

那時的我因為在不同的區域移動，所以喜歡多種樣子，不同時間地點會遇見不同的我，可能中國風，可能印度風，可能邊疆風，可能民俗風。那些年，我的穿著多屬「混搭」，各種層次或中西的混搭。春夏穿花裙或飛鼠褲，腳踩夾腳鞋，提編織包，即使穿牛仔褲，在牛仔褲外頭也還繫上小花巾或外搭一件短裙。秋冬必披大圍巾，花長裙或短裙下套件七分緊身褲，腳踩皮靴……若有華麗必搭復古配件，重點是看起來不能太新穎，不能太單調而無趣。

至於波希米亞風格裡必備的「長髮」元素，更是由於我討厭上美容院，從小就怕被我媽拖去剪髮燙髮，每回去都臭著一張臉，「人家欠妳幾百萬似的。」尤其這些年，萬不得已絕不進美容院。所以頭髮從來沒有變過，直髮好打理，劉海可自己剪，尾後太長抓到前頭喀嚓幾刀就算是剪了。

有時穿起卡其窄裙配黑襯衫，朋友見了劈頭問：「妳今天是不是有會議要開？」更有甚者竟說：「妳今天是不是生病了？」我心想我就不能穿極簡嗎？一個樣貌一旦深植，別人彷彿都不認得我了。

至於波希米亞的「流浪」元素，也是一種誤解。我只是喜歡「移居」而已。

很無奈，一旦和旅行掛鉤，我想擺脫波希米亞女郎的想像就更難了。

波希米亞單身女郎進出海關最被刁難，海關人員總懷疑一個女人的「自主」動機，好像我背後有個「操縱者」，我才能如此自由地行走？我長相也不典型，看起來不知是來自何方的單身女人，海關最愛詳細盤查。加上我隨意混搭的穿著，又蒙上旅途疲憊風霜，看來也許像是來自第三世界想要出國淘金的女郎。海關對於我的行李總是十分有意見，裝著維他命的罐子他們總是拆開，連新買的毛筆都被一一扒開過，檢視毛裡有沒有藏白粉。

有幾回在美國境內轉機多回，才發現自己早已被鎖定是「危險人物」，因為一個女郎四處趴趴走，太奇怪了。我問海關女警為什麼只有我需要被詳細檢查？為什麼是我？我一直重複這句。她仔細地看著我的電腦、我的相機，頭也不抬地說，那妳得問航空公司，是他們給海關名單的。檢查完畢物件歸位後，女警才放下心地抬頭看我一眼說，妳看起來不像台灣人，妳長得可以是任何一個亞洲或者邊疆國家的人。

亞洲的波希米亞人？我回答。

黑女警笑，沒錯啊，妳是這樣，像個謎，很神祕，我們得搞清楚才行。

我笑了，反正波希米亞單身女郎四處移動，動機可疑。每個海關人員都試圖攔截我，但都一無所獲。

有好幾回我說我是作家，還有人一副我隨便說說的樣子，也許我看起來比較像是流浪女。這讓我想起年輕時有幾年在《藝術家》雜誌寫稿，有回去桂林國際雕塑營參訪，雕塑營主辦單位向來自世界各地的藝術家介紹我是「作家」「藝評人」時，我見到許多藝術家的目光參雜著奇怪狐疑成分。幾日混熟後，有個義大利雕塑家對我說，他當時以為主辦單位對我的那個身分介紹是開玩笑呢，「妳看起來比較像是在夜店上班。」我清楚記得他說了「Night Club」這個字眼，他說女藝評家常常是戴著黑膠框眼鏡，一副自己是行家的評判之眼，很討人厭。這麼說來我看起來像是在夜店上班是一種恭維了，我自嘲地笑著回答。

我旅行時，確實是「無國界」的樣貌吧。

有一回在斯德歌爾摩機場等待轉機至挪威時，旁邊坐著許多泰國外籍新娘，她們在等著來接機的丈夫。我一個人坐在那裡，她們也以為我和她們同一國，直至泰半的女郎被接走了，剩下幾個女生和我閒聊，她們得知我不是在等我的丈夫時，紛紛以母語交頭接耳著，然後笑開了，我也跟著失笑起來。目送最後幾個消失在我目光裡的陌生女人，她們已被年老且陌生的北歐丈夫接走了，她們離開溽熱的國度，即將奔赴冰天雪地的婚盟生活，我光是這樣想就打起寒顫來，年輕時我彷彿也得找點溫暖或者尋覓一點愛情，才能繼續支撐我當時的所謂的波希米亞生活。

波希米亞是一種內在精神，不被體制收編的精神，而不是外貌的形式。我心裡這麼想著，望著年紀輕輕就被婚姻的經濟與安全馴化的女郎背影。我很慶幸，我一直在這個婚盟的體制之外，現今我也少有長途旅行了。

我仍是單身女郎，但我知道我已經逐漸失卻了波希米亞的真正力道了。我早已世故，且少流浪，我已老成。

我懷念那個老是被海關攔截的舊我，一個穿著民俗混搭衣裝，拎著大包包，長髮打結，一臉風霜的單身女郎。

00081

過去不留

當過櫃姐之後，也變得很會整理東西了。

但整理術容易學，清空學卻難做到。

整理照片最難割捨，但大量幻燈片和底片，也全被我丟掉了，彷彿昨日已死，死去一個時代，一個自我的青春。

如果繼續把這些幻燈片收起來，我確信自己一次都不會再看，更不會去把它們洗成照片（應該也少有這種洗幻燈片的地方了吧？），一兩年不用的東西就差不多可以丟了，何況堆了十多年。在照片堆滿櫃時，突然覺得數位其實也挺好呢。小小一片，記憶無限。還一個按鍵就可清空，真是來得快去得快。以前我很心疼這樣的丟棄，但現在整理東西，彷彿鐵了心。

過去不留，原來暢快，恍然如夢。

老照片難整理，一整箱一整箱的，逐一檢視，緩慢得猶如時間停格，陷入影像時光。有時看著一張發黃的照片，瞬間卻恍然歲月哐噹打碎了一地的燦爛與腐朽，記憶徘徊在生滅之間。

00082

遺失之物

我珍惜擁有，但更多時候卻不經意就想起失去，某種表面上的失去（不存有）。比如我當文學獎的評審，卻經常想起一些閃亮卻因某種原因而沒有得獎的作品，我常想他們還寫作嗎？比如我常想起遺失的東西，他們現在的主人對它們好嗎？它們還在世上嗎？

比如說起威尼斯，我想起藝術雙年展，想起我的那件很喜歡的 Max Mara 外套，或者想起已然逝去的寫作同行者。那時我們如此年輕，竟耗費半個月所得任性地要彼此為對方買下一件昂貴的外套，最後那件 Max Mara 外套卻不小心被我掉在酒吧裡。

而我買給對方的洋裝已陪她入墓。

在水都我還被迫買了個琥珀項鍊。

因為我把玩時把琥珀項鍊給掉在地上，琥珀斷裂成兩半，只好刷卡買了。

後來我和女性好友就各自珍藏一半。我的一半也遺失了，她的應也不見了。

那時的水都有一種死亡的蒼白，蒼白到極致所飄散出來的華麗感，咖啡座飄著雨，水漫流至岸邊，茫茫霧霧，獨坐岸邊，搖槳人孤寂地拉開唱腔拉出了天地的寂寥，他們搖啊搖地，竟翻攪一城的落寞荒涼。是接近托瑪斯．曼的小說氛圍，是導演維斯康堤的影像再現，是接近塔可夫斯基的鄉愁。

照片裡的我們在冬日的水城閒晃，生之喧囂在此隱了去。有陽光的下午晃蕩在不知名小巷，看著街坊人家窗口布置和牆飾，鐵鑄大門鏤刻雕花鳥紋圖，海岸上擺置隨興的雕刻作品。擺渡人仍一逕地扯開嗓門唱著義式的熱情歌曲，宛如昭告著不論死亡之神是否在側，生活哀歡總是行進其間。這一切城鎮的河流看得最是明白，那一刻我似乎聞到了張愛玲骨灰撒向海面的氣勢。雖然她的遺言是要撒向荒野，但我以為大河大海和荒野其實是相同的，它們都是遼闊的，通往的是無邊之境。

00083

被扒走的東西

照片裡的我在世界最高的郵局寄了張明信片。

那是在梵諦岡，我氣喘吁吁地登頂，在最高的郵局寄出了明信片給那個當時以為是此生最愛的人。那種虛妄的執著，現在想起來都是青春獨有的。

那張明信片早已被時光回收成感情的廢紙了。

我在旅途的遺失之物，幾乎可以寫成一本遺物之書。

在紐約地鐵，我掉過一本寫得滿滿的隨身手記本，我甚至痴心妄想，撿到這本中文手記本的人為了讀懂內容竟至去學中文的可能。我在柏林被偷了手機，那些土耳其少年應以為我用的是蘋果，他們會不會發現我的手機太爛，無法換好價錢而生氣？我在突尼斯曾掉了喀什米爾圍巾，白色圍巾和白床單混色一塊，以至於我離開時竟沒有看見它發出「別丟下我！」的吶喊。

耳環戒指項鍊髮飾襪子鑰匙等小物更像是我沿途做記號似的經常遺失，永遠沒有成對，彷彿是我單身生活的回應。

有一次在巴塞隆納又被扒了皮夾，身無分文，等待臨時信用卡補寄給我時，每天都躲著旅館老闆，他老在我背後嚷著趕緊付錢。

我有個開旅館的朋友說他收納客人遺失之物幾乎可以辦場裝置展覽，或辦場拍賣。他曾說起客人留下最離奇之物是一個義肢，他老想著這個人究竟是怎麼走出去的？

我不禁想起在國中時去冰宮溜冰，出來時我那雙白色新鞋卻不翼而飛，被誤穿走或被偷穿走？我只好光著腳走出冰宮。

旅行世界，每個地方幾乎都以遺失之物標誌我的曾經存在。

有一年，我搭郵輪再次抵達了突尼斯，然後我在突尼斯掉了一場愛情。

紀德喜歡突尼斯，我喜歡紀德，難以捉摸的作家。他寫過沙漠，他行過沙漠：「乾燥充滿亂石的沙漠，閃爍著雲母，飛過幾隻甲蟲，蘆草枯乾了，一切都在日光中爆裂。」這沙漠描述之景，猶如進入愛情核心：一切都在日光中。

00084

超古典讀友卡

最近翻找以前的書，從書本掉落一張讀友卡，有點像小問卷調查，寄回讀友卡還可以有小禮物之類的。廣告回郵，免貼郵票。

我盯著書卡端詳良久，好像回到舊時光，手寫字年代，甚至可以推到火車站留言板時代。復古商品經常成為高壓都市人作為對田園牧歌的心靈眺望視窗，比如農村生活影片、農村景致與其個人絕佳手藝在鏡頭前展演著美幻如詩的情調，誘發著人對寧靜小日子的企盼。影片裡有個素樸的仙女般女子在從事著農村的勞動，連煮飯剁雞都顯得美，背後山林雲霧繚繞。這給予對心靈有所追求的女生美好的幻想，既能保有衣裝之美還能臥枕桃花源夢境。

我看影片時想真厲害，早知道我就回雲林鄉下也過過這種日子。當然這是說著玩的，認真思考會發現回歸農村，也得有本事才行，畢竟我們不是網紅，那可是她從小生活的天地（成名是無心插柳後來之事）。

真正回歸農村可就不是鏡頭展演的那般美了，想想那可是拍攝多少影片透過多少剪接才換來的幾分鐘之美，古早農村生活可得扎扎實實學會許多農藝，即使不需學會這些手藝，有時幾隻蚊子與酷熱就把人打回原形，想要回到有冷氣與交通便利的城市生活了。

有一年暑假我和朋友去花蓮鹽寮度假，海就在前方，我頗能安逸當下，可能我長期住河岸居所，蚊蟲鳥鳴都是生活的一部分。但住天母華廈的朋友隔天一早就拉著我一定要去市區住飯店，只是一宿，就把她趕回了城市，幻想破滅。

復古生活，未必適合每個人。

記得逢張愛玲冥誕百年的那些年，復古包裝也成了新書系風格。張愛玲作為復古元素，只因她是從舊時代走出來的幽魂，加上她個人極具傳奇的一生。

她筆下的愛情，白玫瑰與紅玫瑰，白玫瑰是床前明月光，紅玫瑰是心口的硃砂痣……有意思的是如果問許多女生大概沒有幾個人想成為張愛玲，因為她孤寂一生。但如果問想不想成為網紅，也許很多人會點頭。

我在河邊居所住了二十年，我早已將山海看盡，現在我到哪裡幾乎都是可以的，只要我心寧靜。

00085

撞名

如果跟客人說這是爆款，她們都會擔心穿出去會不會撞衫？

撞衫撞包都是女生的尷尬事，但撞名呢？有幸與不幸，如果撞名者是名人或者善人，同沾光彩。若撞名者是大惡者，就非常尷尬。但撞名是非常容易的，除非是那種看五行八卦所卜出來的「怪字」名，不然一生就可能會有幾個叫「怡君」的朋友呢。或者叫俊傑的，也有好幾個。

台灣戰後出生的孩子被報錯名字的很多，因為報戶口的父母親可能鄉音太重或不識字，因此鄉公所寫錯也不察。聽聞有個朋友的朋友名字非常好聽叫「磊觀」，原來這好聽的名字是一場誤會，說原來父親去鄉公所說的是台語「麗娟」，麗娟的台語發音就變成「磊觀」。美麗的誤聽，把可能的菜市場名，頓時變成獨一無二了。有朋友姓「應」，說本該姓「殷」，父親鄉音太重，流淌不盡的時代眼淚。那是個錯亂的時代，更遑論原住民的許多姓氏都是亂給的，形成同血緣卻不同姓氏的怪謬現象。

於今叫淑芬淑華素芬素貞大多是資深熟女了，如果忽然改名雅詩詩涵詩語……會很奇怪。現在這些帶著鄉野年代之感的名字具有一種原始的珍貴情調，就像現在長得很「台妹」的小美女都有了稀少性，總不能每個女生都頂著一張高鼻子的模型臉吧。就像人人都取詩意的名字，這詩意的名字也會變成菜市場名。人人都頂著韓劇般的高挺鼻子時，小圓鼻其實很可愛。

不只名字有獨特性，電影片名或者書名也都有流行期。剛畢業時我曾應徵一家外商電影公司，工作內容是看完電影之後想片名，無奈我想的都沒被採用，因為那是一個流行機器戰警片名的年代。現在流行一堆誰教我的幾堂課、創意課或某某達人充斥書市。

旅館早年曾很流行××蘭，夢蘭嘟蘭的霓虹燈閃爍，現在更流行「閣」，或流行異國情調的名稱，建案也是這樣。常聽有人說他住地中海、加勒比海……我一聽就知道他住的地方離我不遠，但我當時明明住在八里。

名字無非想要刺激買氣或者想像，我們的生活本身就充滿了幻覺與假象，所以想像是生活很重要的調劑，每個人都應該活得像一本待完成的小說。

00086

老物的眼淚

每回經過路邊看見佇立的紅綠色郵筒，我不禁覺得這風景特別寂寞。兩個郵筒，像是一對堅持作伴的老爺爺老奶奶，相依為命似的，一起被時代冷落在一個熱鬧的街角。

看見郵筒，彷彿重返手寫信的遙遠年代，那些信都寄給了誰？還記得十幾歲時有次把信投進郵筒了，但卻後悔寄出，還回家去找鐵絲彎成了鉤，想把信給鉤出來，鉤不出來，悵然之下只好彎身看著郵筒上寫的收信時間，隔日在郵差來到的第一班時間前守著，等郵差取信。

現在電子郵件一個按鍵按下就來不及後悔了。

最初剛旅行時我很喜歡用旅館提供的信紙信封寫信給遠方的友人，後來覺得沒有想寫信的人，就改寫給自己。有時在國外待得久，早早寄出的信，經過漫長的邊境移動，在我回家時早已安然躺在信箱。信封發出的地址瞬間已然成了舊的記憶。

小心翼翼地把異國郵票剪下，好像如此就可證明自己曾經的抵達。

前不久，有機會去外地住宿連鎖國際旅館時，我忽然懷念那個寄給自己信簡的年代，晚上在旅館想寫信給自己，拉開抽屜竟發現沒有信封也沒有信紙，只有床櫃旁的便條紙，還有一本新約聖經。

清潔房間的婦人不用補充信紙信封了。

好失落。

我想如果我去旅館櫃檯真拿出信簡請求代為寄出的話，大概櫃檯人員也會很詫異吧，大概會被視為怪人。

剛出書的前十年，即使電子郵件早已流行不知多久了，我仍經常收到知音讀者寫來的手帖信，那真是美好得像夢境的年代，一個個的手寫字隨著心情變化，每個字都是初心，都是我的珍珠。

所以現在收到副刊還會寄來剪報我也覺得彌足珍視，從郵票到手寫字再到剪報，每個元素都像老靈魂。

不獨有些老事物的消失需要時間習慣，有些科技新事物的使用習慣更是需要時間。

我注意到有的收銀員遇到年紀大的人就不太會問客人需不需要載具，可能認為長者多半使用紙本發票。但凡這類事務我倒喜歡用電子，方便又可省紙張。

我想起我母親一生都不會用提款卡，曾經因為這樣她避免了一樁被詐騙的事發生。因為她不會使用ＡＴＭ，她曾在電話中說我可以先借妳十萬元，但妳來我家拿。她一直把電話中的人當成她的某個朋友，但也不解為何這個朋友一直不願意到家裡來拿錢。

我跟她說媽，妳遇到詐騙啦，朋友來了就穿幫，那是騙子，哪敢現身。

我媽媽聽了沒有恍然大悟，而仍是一直陷在不解的思維裡，還叨叨說著這朋友真沒意思。

所以不會使用新事物也許是好的。

00087

時光紀念物

不知何時，「錶」字都被更正成「表」？

但我喜歡帶「金」字的，因我的姓帶「金」且母親愛金的喜氣。

整理母親遺物，有整盒的金錶，多是會褪色的鍍金，也都不走動了，像母親般的時光停滯。

這讓我想起童少時和母親購物屢屢引起的兩端對立。我愛的她不愛，她愛的我不愛。比如第一支錶，錶心有史努比與糊塗塌客相依偎。那是母親在寶島鐘錶行被我嚕很久才買的，她並非不捨得買，而是嫌棄卡通感，她喜歡亮晶晶的，好像買了可以傳家似的那種。

母親的珠寶盒有幾串珍珠項鍊，約莫是她去沖繩旅遊時買的，她去了那島玩了兩次，因為她不知道琉球就是沖繩，鄰居招人，她就跟去了。

整理遺物是一趟又一趟的往事回憶路，循著物件就可以抵達失去的時光座標。

留下什麼丟棄什麼？

困難的是物件還沾染著生者的印記，刻痕歷歷，一幕幕翻轉。夾殺處在過去與未來交叉口的心發燙，眼潮濕。

幾乎是要閉著眼才能將拋棄之物入袋裝箱。

最後留下兩件毛料大衣，其中一件還是深藍與桃紅的撞色流行款，一件千鳥格紋西裝外套，一件防風登山外套。

記得有年母親穿這外套是我們去合歡山，但才爬到中途，她就直喊頭痛，過了許久仍頭痛欲裂，我們只好先下山。一到山下，她頭就不痛了。

後來我去青海西藏一帶旅行，才知那是高原反應。

現在仍有幾箱遺物擱在角落，等待時光幫我定奪。只是有的物已生根，除非翻新，不然記憶就一直銘刻在那裡了。像是瓷磚牆。

小時候聽母親對父親說，去叫人來「安泰魯」。那是長長的雨季過後，到處反潮，手指滑過一片潮濕，牆成哭牆。

安泰魯，安泰魯，我重複聽著唸著，覺得有趣，聽起來像是漫畫的男主角。後來養的一隻狗就被我叫安泰魯。

來了工人，看他們刮去斑駁油漆，抹上水泥，貼上瓷磚，才知安泰魯是貼瓷磚。安是動詞，泰魯是英文 tile 的日式發音。

語言大混血年代，父系詔安客，母系閩南語，混上祖父輩們的日語，再加上我的中英語與流行語，從此鮮明地形塑了我寫「島嶼三部曲」的語言基材。

兒時和母親搭父親的車，他們都將卡車說成發財車，把渴望說得極其明白。母親在旁老像教練似的提點父親過彎時要抓好含兜魯，原來含兜魯是日語方向盤。

時光紀念物還有為了載坐輪椅的母親往返醫院或帶她偶爾去看海的車子，當年為了安全與可收納輪椅，分期貸款買了後座頂高的小車。

於今有時驅車去看海，仍會慣性地轉頭望向後座，瞬間撲空的目光，迎來的是後窗映照的滿天夕霞或者滔天大浪。

突然，手握著含兜魯，眼裡已是一片霧中風景。

00088

走遠的聲音

住在老房子緊鄰的窄巷，聲音很容易灌入耳膜，氣味也是。

在晚上飢餓的脆弱時刻，突然聽見窗外喊著：油蔥粿、菜頭粿、紅豆粿、甜粿……我像貓聽到餅乾盒的搖晃般，拿起皮夾，快速靸著拖鞋，往樓下奔去，唯恐叫賣攤子走遠了。

在等待炸物起鍋的時候，我持續聽著擴音器傳出的叫賣聲，不斷反覆傳進耳膜的「粿粿粿……」聽久不免掉入往事。

小孩子總是喜歡重複剛學來的有趣字詞，那種初次聽見的熱度就如螞蟻看見糖般，咬住不放。記得第一次聽見攤販揚聲喊著時，還童言童語地跟我媽說，外面有人一直在叫妳喔。

因我常聽人叫我媽媽阿桂、桂仔。媽媽聽了頓然爆笑。

經她的解釋，才知道「粿」的閩南語發音是「桂、貴」。從此我媽媽的名字連結的是我愛吃的糯米食物。

我一個不會說閩南語的鄰居同學也愛吃這些攤販炸物，她每次點餐都用手指比。有回我們兩個小小孩恰巧在攤販前相遇，她嘟著嘴說明明就很便宜，幹麼一直喊貴貴貴。

這回換我老江湖似的大笑。

語詞的差異（同音／諧音）往往帶來不同的想像與誤解，誤解又常常帶來了傷害。曾有個朋友說他讀小學時每次放學回家都會跟爸爸哭訴，因為他的名字「乃基」，原是父親離開老家重新定錨島嶼的根基盼望，卻不知「乃基」和「荔枝」同音。

小孩子直心嘴巴又特別殘酷，害得很多名字有諧音的人或多或少都受過創傷。

接過小販炸好的菜頭粿，一路耳邊仍迴盪著「貴貴貴」的配音，一步步地踩上老公寓的石階時，我早已迫不及待地用竹籤戳了吃，燙口也燙心。

菜頭粿，也就是蘿蔔粿（糕），我最難拒絕的食物幾乎都是糯米製：麻糬（粢粑）粽子米糕飯糰荷葉飯糯米腸……沒幾口就吃完了菜頭粿，卻覺得沒呷飽。

這時，瞥見窗外熊貓外送嘟嘟嘟的車聲馳過；接著，跳出手機一幅幅誘人的吳柏毅美食廣告。市井聲轉成手機音效，更危險的脆弱時刻瞬間即將瓦解意志。

還是以前好，攤販走了就走了。

毫無懸念。

餓了，吃泡麵去。

00089

曾經的兩地相思

沒有手機的讀書年代，甚至租處房東也沒裝電話，因此公共電話就是我的聯絡工具，零錢包彷彿就是我的儲值卡。很喜歡聽零錢咚咚咚掉下去的聲音，每一個聲音都像是對話的再次回響，敲打著感情。也常看到有氣急敗壞的人可能因為沒打通，卻被吃掉錢而氣得用電話筒敲打著。鐵製電話筒現在看來，仍充滿機械的美，那樣忠實地守在方寸之地，搭起兩地相思。

節日是電話亭最忙碌之際，下雨還會躲在電話亭等雨停。某一年過年前，因為要從台北返鄉，感覺像怕會失去感情似的，失神地打公共電話給當時男友，掛上電話後就轉身離去，搭上公車，才想到把皮夾給擱在電話筒上了。

等於包了一個紅包給陌生人，再回去公共電話亭，皮夾已消失。

那時還常見到節日到來，電話亭外大排長龍，若前面的人講太久，有人會不耐煩地走到電話亭的玻璃窗前，敲著玻璃，示意講快一點。

現在想來，投幣式電話，讓人緊張，尤其打回老家，跨縣市吃錢多。當年相思的通話成本高昂，感情可能沒談成，卻被電信公司賺飽飽。

母親曾說以前村子只有柑仔店有電話，因此店老闆常得大老遠去田裡叫人來接。還有去打電話竟可賒帳，打一通就在牆上寫一撇，於是那面牆寫滿了歪歪斜斜的「正」字，每一筆是錢，更是曾經懸念的紀錄。

若下大雷雨，電話線斷，頓時村人即失去對外聯絡系統。或者雨聲覆蓋，彼此講話扯開喉嚨，像在吵架。當年工潮南北移動，棄田從工者眾。台北在當時是遙遠異鄉，電話成了報信者。

在我約五歲時，家裡有了撥號式黑色電話機，比起後來的按鍵式，簡直是美麗之物。剛裝電話時，我總是興奮地玩著一個人的寂寞遊戲，喂喂喂，磨西磨西，哈囉哈囉……亂撥著，有時竟真撥通了，聽到陌生的喂，趕緊掛掉。

讓我想起有點像是楊德昌電影《恐怖分子》裡那個午夜誤撥電話所形成的一連串蝴蝶效應。

那個年輕媽媽申請的第一支市內電話號碼直到現在，我一直都沒去停掉，每個月付著基本費，即使電話沉默。這被時代遺忘之物，卻彷彿藏著母親，躲著一組我永遠不會忘記，也幾乎不會再撥打的市內電話號碼。

00090

二手書與其後座用力

整理書房時，不小心被一本厚重的書砸到腳趾頭，頓時痛徹心腑。原來書不僅是精神的武器，也是肉體的武器。

不留存的書我總是特別翻一下扉頁，免得有作者贈書或留言的簽名，或者書本裡夾著小紙條，或者鈔票。曾經有個男性朋友常在書本裡夾私房錢，但最後夾在哪本書連他也忘了。

很多作家朋友說，如果在二手書店看到自己的書有如棄兒被丟在二手書店時，他們都有一種傷心的感覺，或者暗地買回來也是有的。有個寫作朋友說他至今還怨著某作家，因為這位作家把他親筆題名送給她的書竟然連看都沒看就轉手到二手書店了。

我說那還不是最糟的經驗。

某天我接到一通電話，一個陌生男子的聲音，他說我是否有在一本書裡寫過某段話，我想起來說是的，因為那是一句為某人量身訂作的話，所以這陌生男子一說我就想起來了。他說他在二手書店看到我的書，裡面貼著一張便利貼，便利貼上有我寫的話，還有電話號碼。怪不得他有電話，轉手此書的朋友竟連檢查也不檢查就把書給賣到二手市場了。真是危險啊，書的私密話語與電話竟還黏在書上，連便利貼也沒被撕下來，因而導致陌生人打電話給我，要命的是這陌生男人連書也捨不得買（因為我問他書的內容他也答不上來），他僅僅只是撕下便利貼。

陌生男子想見作者，當然見不得，一個連書都沒買的人，怎麼可能是作家的朋友。作家不可能愛一個不愛他作品的人，因為真正的作家會在作品裡吐露最真實的自己，不愛某作家的作品就和不愛其人意思也差不多了。

二手書店竟也開始仲介當陌生讀者與作者的橋樑。所以我現在最常簽書的兩個字是：祝福。有的陌生讀者希望我寫一句話，我大都留幾句通俗語，至於將電話隨手附上，這可萬萬留不得了。

當然如果是長期讀者或是認識的粉絲又另當別論。

二手書留下轉手者的蛛絲馬跡，有的書頁裡有畫線，有的書頁裡寫有眉批，但留有便利貼在書上是太大意，賣書的人應該要先檢查一下。

因此我常覺得應該只要簽作者的名字就好了，至於送給誰，名字還是不要寫比較好，免得日後傷心。就像情人也大都是二手品，每任的情人幾乎都是轉來轉去，這城市到處是二手書，也到處是二手情人。接受情人時，幾乎不會知道對方之前女友或男友的名字。書也是，盡量不簽致給誰，除非讀者要求。但要求作家簽上自己名字的讀者，日後若變心，要賣掉書之前，是否可以先把簽名頁剪下來呢？

00091

被竊取的時光物證

有一回半夜返回家，打開公寓大門時，突然聽見有腳步聲急促地往頂樓跑。待我爬上樓梯走到自家門前，發現原來剛剛跑上去的是小偷，我的第一道大門已經被打開，第二道木門正在被鑿開中的狀態，木門鎖周圍的木片已經被切割下來。小偷因為打不開而要直接把木門鋸開，未料卻聽到我打開大門的聲音，瞬間往上竄，地板留下一堆木屑與作案工具。

我雖驚嚇，卻又感到幸運，好在沒和小偷照面，默默地收拾一地的凌亂。自此我就換了更難開的鐵門，至於第二道木門則沒換，至今每回開門都可以看見門鎖周圍的木片被鑿開的痕跡。

還有一次是我人在巴黎，不僅在巴黎遭小偷，八里家裡竟也遭小偷。被偷走了唯一值錢的一台相機。那台 FM2 相機是我大學學攝影的第一台半機械相機，是我最喜歡的相機，就這樣被偷走了。

小偷光顧我家，他不知搬走的不是物件而是屬於我的青春時光。

小時候家裡也遭過小偷，小偷竊走了母親珍愛的一些飾物，其中還有一台母親早晚常聽的收錄音機。後來我和母親去逛賊仔市，沿街梭巡著收錄音機，我悄悄地拉著媽媽的衣角說看見我們家的收錄音機了。媽媽笑說都長得一個樣子，妳怎麼知道那是從我們家偷走的？

我蹲下來，將收錄音機拿起來給媽媽看，指著天線的角落處，有個我貼上去的卡通貼紙，且我在紙上面寫了個「音」字。媽媽瞇眼仔細看，笑說這賊仔真厲害，馬上就能轉手，我們不買回它了，它離開就離開了。

還是媽媽爽朗，它離開就離開了。

後來家裡多了一台新的新力牌收錄音機。

關於小偷，真讓人恨得牙癢癢的，當冷不防被竊取所有時，尤其隻身旅行時遭竊，真是身陷危險之境。我記得在巴黎皮包被扒之後，身無分文，一陣慌張之後冷靜下來，才想起把手機放在另一個衣褲的口袋，摸摸口袋，手機還在。出國前我都會把台灣在當地辦事處的電話號碼事先儲存手機內，立馬撥給台北駐巴黎辦事處，他們就來營救了。

只是皮夾裡放的兒時大頭照自此消失。

近年有一回在外地也被偷了手機，手機裡尚未備份的照片消失一空，彷彿不曾存在過。

被偷走，更多的是時光印記。

從此記憶，有了缺口。

我永遠記得那些妹子們念物想物的心，

依然渴望的心血來潮，

總是如潮水般盪去又回返的欲望與念想，

對於美麗的追求與老去的感傷，

對於情感的嚮往與失去的神傷。

II

各花入各眼

妹子們

女人多喜被稱妹，只有櫃姐永遠是姐。

芳療妹

每次芳療妹一靠近，我就會想起迪奧的名言：女人的香水比她的字跡，能說出更多關於她的故事。

芳療妹的氣味太豔了，不過那也可能是因為中午休息時間她來到我的櫃位時香味已經黏進了汗水，後味香水混雜汗水，就有了豔色後的疲憊感。也可能芳療妹吸收了太多去她店裡指壓的男女身體的氣味？

我跟她聊起按摩的危險，會沾染客人的體氣、病氣。

她說所以我要來逛百貨公司，重新灌入快樂的氣息。

她問我有喜歡的香水品牌嗎？

我搖頭說沒有，但說英文名字是因為收到的第一瓶香水：Nina Ricci。

另外是有一香水瓶一直跟著我，因為像大海的藍色瓶身彩繪著雙魚圖案，這瓶香水是我紐約的摯友南西送我的，南西曾被我寫進《寫給你的日記》，我重要的紐約印記。那香水瓶也不只是香水瓶，更多是紀念性與藝術性。

雙魚彩繪來自我喜歡的法國藝術家妮基•桑法勒（Niki de Saint Phalle）。她也可說是第一個以槍表達行動藝術的女性。妮基早年以日常物件為素材，集合成裝置藝術，但這些集合成創作物的裝置品最後會被她以槍擊破而轉成行動藝術。

她射擊的物品經常出現男人的白襯衫，我和芳療妹這樣說時，她的臉上出現了驚奇的疑惑眼神。

好特別喔，為什麼？她問。

因為表達一種憤怒，白襯衫是一個象徵，是隱喻。

隱喻什麼？

妳說呢？想一想？

她被男友拋棄的憤怒？

不是，是她對童年父親侵犯她的憤怒。

芳療妹發出沉重的嘆息說，這樣能稱為藝術嗎？

這是個好問題，彷彿發出杜象在馬桶簽名是藝術的疑惑。

藝術有很多種，妮基主要就是為了詮釋反父權吧，射擊有弒父情結的解壓與釋放，這和妳的芳療一樣，具有療癒。妮基說沒有比這個治療對我更好的了。

芳療妹終於開竅了，她說不能真的弒父，所以用象徵來槍殺自己內在的憤怒。

妮基說她在射擊時心臟總是快速地拍打，行為前後她都處在顫抖，處於一種近乎發洩的狂喜狀態。

妳知道為什麼人喜歡買東西？我問芳療妹。

她說殺時間？

不只是這樣，因為買東西至少自己有主導權。

芳療妹猛點頭，旋即不解行動藝術的妮基怎麼會變成香水瓶的彩繪者？

我說妮基大概只有兩年的時間就結束了槍的射擊，後來她變成溫暖的藝術創作，轉為創造顏色豐富色彩的雕塑、以女體為主的雕塑「娜娜」系列，像是大地母神般肥肥的胖胖的，壯碩且歡快。

我手上的香水瓶是她和時尚界的合作之物。充滿歡愉，豐滿愉悅。

從父權轉為女體熱愛，真好。

是啊，就像妳的按摩，妳喜歡按摩女生吧。

是喔，我現在都只接受女客，不過來的女生都是想瘦身的，沒人要肥肥的胖胖的。

我笑著說，哪天去找妳？

好啊，記得帶妮基香水瓶給我看看，聞聞香水的氣味。

我的腦海頓時充滿了兩種畫面，一個是急匆匆的曼哈頓，一個是充滿花園色彩的妮基雕塑。

傻妹

傻妹經常來買衣服，但我從沒看她穿過她從我手中買去的衣物。對著鏡子常陷入發呆或傻笑，也不試穿，就只是對鏡比劃，像是紙片人。買衣彷彿像是她的心，有個永遠也填不滿的黑洞似的。

原來那時她愛上一個花心的男人，我回應她的眼神使她覺得我很有同理心。我確實很能同理，或該說同感與共情。二十幾歲時我也曾和一個這樣的男人交往過，被我稱為愛情毒派教主，一堆奇怪的理論讓年輕女生陷入信仰似的愛情認同，比如他會說我愛妳，但我還會愛別人，但妳不要傷心，因為我愛妳，像繞口令似的催眠著還沒長出意志的年輕女生。或者更殘酷的話語是他會用很悲傷的語調訴說在見妳之前已經和另一個人上床過，悲傷的語調彷彿窗外的雨，彷彿他只是不得已似的，喃喃說著靈肉分開的種種哲學似的命題，像是量子糾纏，就是不要妳走，因為傻妹很好用。

愛情催我老，我那時候迅速凋萎，比過了多年後的我還要老上許多。

愛情的毒草劑灑下，遍地焦土，染上劇毒愛情的女人忍受卑微，逐漸在卑微的臉上因太常悲傷而長出了扭曲的紋路。多年，靠著自己的復元力，逐漸康復。

眼前的傻妹也陷入困境，因為那個男人老是將醜話先說在前，老是和她在一起時重複說著：我還會愛其他的女人，這妳是知道的。我愛妳，但我還會愛其他的女人。妳會不會悲傷？旋即又低啞地說，不要悲傷，妳還是妳。

我聽了感到驚嚇，同樣陳腔濫調的把妹脫罪話術竟能隔空且隔代傳承。然後呢，這個男人還會感謝每個被他深深愛過的女人。當年的難處還包括被延遲的每個夜晚，總是酒精來到了眼前，一打打的酒，一盒盒的菸。好像她是菸酒公賣局，且兼賣自己的身體與靈魂，糟糕的是賣的人還得自掏腰包。

我聞到傻妹身上有昨夜的酒氣與長年的菸味。

我挑了瓶木質香的香氛往她身上噴，她整個人舒緩了起來。

傻妹把衣服丟到我的櫃上，人往沙發靠去，開始放鬆地說每回在他們身體接觸時，他這樣說總讓她極為難受，好像要透過他不斷的提醒，是為了往後一旦被她發現的事實確立後，可不能怪他事先沒有告知，既擺明了，接不接受傻妹得自己負責。

傻妹說，我當然知道這一切，何況我這個男人也還算年輕，而我也還嫩。所以彼此往後還是會有不斷的新機會來敲門吧。傻妹又嘆息說，也好，早點接受現況，免得突然知道時會很傷，如此也許不會發狂。

我以姐的過來人口吻說，到時候不是只有傷心而已，可怕的是會討厭自己，覺得自己早該離去卻陷於自己的無能與妒火，所以無論如何都會生氣或痛苦。唯一的方法只有離開，離開使妳人生與思想變形的人。

我的一連串話語，彷彿發生作用，我看著傻妹在腦海編排我的語詞，想要找出事件的邏輯。

傻妹接著以像是在諮商似的口吻問著我，那怎麼辦，究竟人要害怕受傷害而拒絕眼前的感情，還是不枉此生才不辜負機緣呢？

沒有怎麼辦，妳都已經涉入了，經歷了刻痕，是打過仗的人，妳現在應該可以撤退。

彷彿催眠，傻妹又笑了。

結帳時，多結了瓶香氛。

守寡妹

守寡妹其實是一位老姐姐，但我還是謹守我的職業道德，不稱人姐。

我建議她不要再穿黑色了。

她說都怪她連結婚禮服都穿黑色的，彷彿提早啟動了喪禮。

我說黑色很莊嚴，很酷，但要有氣場，如無氣場，穿起來反而沉重。妳結婚的照片很有氣場，黑色絕對不是問題，我看著她手機上的照片說，照片上的女人甜蜜十足，黑色彷彿星辰。

但妳現在太弱了，都快沒氣了，不建議妳再穿黑色。

她點頭表示認同，那該穿什麼色？

也不適合花色跟亮色，但可以穿低調的杏色或淺藍。

她邊試著衣服，臉上看起來有了晴空。

有比愛情更重要的東西，那就是妳自己的人生。何時我的嘴巴也長出了金玉良言。我的目光落在守寡妹的背後，我幫她拉上拉鍊。

已經沒有可以幫我拉上拉鍊的人了，她嘆息地說。

那就不要買這件好了，免得觸景傷情，我建議說。

哎喲，妳幹麼這麼清楚地說呢？

我知道她覺得這水藍洋裝頗美，但又嫌拉鍊麻煩，叫她不要買時，客人反而想買了。

不然妳就訓練自己拉上拉鍊，如果真要這件洋裝的話。妳自己拉看看，其實不難拉，我剛剛幫妳拉上是基於我的工作職責。

我幫她拉下，她自己試著拉看看。

好像還可以順便訓練手臂拉力，我之前得過五十肩，連梳頭髮都困難。好了之後，復健師也是要我多拉手臂。以前我老公做什麼事都講求完美與秩序，現在我像是被解放了。

完美無瑕有時很乏味，我說。

她笑了，對啊，寧可喜歡有點瑕疵與微亂。

妳沒考慮再接受其他男人的追求？守寡妹雅致，耐看。

我老了。

看起來很年輕啊，我由衷地說。

問題是男生一聽到我的年紀就打退堂鼓了。

我明白守寡妹的意思，我開玩笑說，女人的年紀和皺紋會使他們無力。其實難得自由了，不是嗎？

是啊，以前這個時間我是在做飯，且陪著老公看不想看的電視政論節目，又吵又沒格的，可是他就愛看政論節目，因為他也有一堆理論。

妳把控制權都交給那個人了，但妳並不想當他的附屬品吧。

守寡妹聽了猛點頭，但旋即又說，但為何他走後，我如此傷心呢？

我微笑不語，我知道她說的傷心不只是傷心，更多是失去後的不適應。但種種適應，都是她自己才能調適的。

所幸下一個客人來了，我這個沒結過婚的人終於可以結束和守寡妹的對話。

阿綠妹

和有點年紀又不會看起來有點年紀的文青女人打開話匣子就是聊村上春樹或者張愛玲。

今天來了一個阿綠妹，不憂傷也不頹廢，適合小說在許多女生都陣亡後出現的正面人物，適合走到終點的伴侶。

阿綠妹喜歡在我代班的時候來櫃內，因為她隱隱發覺我不是一般的櫃姐。

原來她喜歡寫點東西，但她苦惱地說除了寫點短文之外，什麼小說之類的都寫不出來。

於是，我和她聊村上春樹。

《聽風的歌》其中有一段寫著，老鼠說起和一個女孩去奈良旅行，在一個山坡上雙雙坐下來吹著風望著風景，見到對岸樹林聳起一座古墳，是過往天皇的墳墓。老鼠想，幹麼要蓋一個這麼龐大的東西？他後來說他寧願為旁邊的蟬啦、青蛙啦、蜘蛛啦或是夏草啦、風啊，寫一點什麼東西。

是的，就先寫這些微物吧，且也別為了任何事而卑憐討好，生活有自己的莊嚴，就像村上春樹認為他的書寫是為了自己和他者微小世界記錄著些什麼。他說即使那些邪惡縱欲也依然活得有血有肉的小人物，幽微的心裡總有些渴望，那些看似小悲小喜，對於個人卻是心中巨大宇宙的中心。愛情也是如此，每種愛都有自己的莊嚴。

阿綠妹感覺我說得太深了。

我一時忘情，以為自己在辦文學講座，且錯把阿綠當直子。

《挪威的森林》裡面有幾個女性角色讓男人憐愛，直子、綠、玲子，尤其是直子，楚楚可憐，讓人難忘。或者像「綠」這樣可愛活潑又貼心的女孩，也令男人動心。即使離婚的玲子，在村上的筆下，也是個讓人心疼的熟女。

阿綠妹在沙發上聽得好像昏昏欲睡。

我一說起村上就關不上話匣子。反正，喃喃自語已是我的習慣。

村上筆下的女性沒有強勢者。因為強勢的女人，讓男人害怕。但有些女人卻愛強勢的男人。

對對對，不知何時阿綠妹從昏睡中醒轉，她說有個女性朋友一直不相信自己渴望的男人是強勢的，結果心理測驗時，她就是渴望那種暴力的衝動男。

「女人很強勢會讓男人軟弱，但女人若對我大獻殷勤，我總是心懷戒心。」我想起被我代號為雄哥的朋友曾這樣說。

儘管愛中有痛苦，有憐憫，有困難，有曖昧，有困惑……但沒有愛，卻如行屍走肉。寧可獨自變乾屍，也不隨便被撿走。我念著村上春樹的文字，對阿綠妹說，妳永遠不會變成直子。

因為我可能是可愛的綠吧，阿綠妹說。果然她被我代號為阿綠是對的。

如果問男人，年紀輕的男人反而喜歡的是玲子，這是小說最感動人的部分，無差別性愛。誰不喜歡玲子，性愛撫慰了渡邊，之後自動悄悄離去，只是單純祝福渡邊。

這種沒有條件的性愛撫慰，男人一定喜愛的。如果我來寫小說，就會不一樣……阿綠妹說著。

忽然她好像開竅，小說嘛，好看我就喜歡。

就像衣服，好看也是重點。

包色妹

陷入選擇之難，因為買了這個想念那個。

女人一走到櫃檯，我說了句妳是上次那個包色的，在我心中她被代號成包色妹。

她笑了，說我記性真好，因為她已經有段時間沒出現。

其實每個常來的女人我都暗自取了代號，代號才好記住客人。

她每回來總是陷入顏色選擇困難，在鏡子前比來比去，最後投降，把所有的顏色全包的女人。

她問我會有這種抉擇困難嗎？妳也包色嗎？

會啊，為了回家之後不陷入懸念，乾脆包色。

包色妹接著說，但其實穿來穿去還是會穿習慣的那幾個顏色。

所以包色通常是心理因素大過於需要因素。

那我這次要包色嗎？

為了有業績獎金我應該是說要啊，但這樣太直白了。所以對這種有選擇困難的人還是把問題再丟回給她。

不用包色啊，就挑最喜歡最常穿的就好了。

然後她在鏡子前又比來比去，選了這件又挑了那件。玻璃櫃上，已像是戰後浮生錄。

算了，這次還是包色好了。

包色妹這個名號，她坐定了。

1／2 妹

今天業績很好，來了個幫忙付錢的男人，為了面子吧，男人只是點頭說好。

正宮女人和小三女人選衣物不同，花錢也不太一樣。

有時櫃位會出現男人，表面陪女人來買東西，但實則是來付錢的，而女人也多半非正宮，因為正宮早有卡片陪。

有些男女對易獲得的性愛沒什麼興趣，卻常費盡千辛萬苦（且不顧對方是否已有家室）地趨向危險關係。這類擺明著有家庭的美麗女人，總是挑得某些男人心癢難耐，有人公然挑釁女人的丈夫，挑逗有家室女子，使夫妻因他吵嘴，家庭失和，而觀其結果卻發現這男人只是為了展現自己的魅力大過於女人的老公。故奪別人之愛，亦非女性獨有，男性世界更見廝殺，尤其金錢與權力攻勢時，也會驅使某些女性臣服易主，有如電影《桃色交易》的人生版。

雄哥聽了我的分析，點頭稱是。

他說起「小三」的分類尚不夠細緻，因為許多人都是介於幾分之幾的過渡關係。

妳想想小三到小四之間，很可能有二點五或三點五之類的關係啊，也就是介於第二個與第三個之間的二分之一關係。

我覺得好有意思，你是我的二點五，這種不完整的關係通常彼此都不會列入男女的關係族譜裡，或許只能說是比逢場作戲更深入一點的關係。

不，絕對不是逢場作戲可比擬，社會上存在許多從來沒有曝光過的1／2關係，1／2關係更安全，因為不正式，所以不會浮上檯面，但獲得的好處絕對不少，且很可能男女雙方都各有婚姻，因彼此都非彼此的小三角色，故可說是彼此的1／2關係。雄哥以男人觀點說。

我聽了笑說這種1／2關係，可真是高招，既保有原來各自的婚姻關係，但又不會發展成危險關係。

我想著詩人普拉絲〈申請人〉的詩作，她以婚姻介紹所為背景，讓介紹所的主管以推銷員之口吻帶動全詩的發展，呈現出女性在傳統社會和婚姻關係中自我和精神價值的喪失。介紹所主管代表著傳統社會的聲音。

首先，你是否符合我們的條件？

詩的第一句即點出了女性的處境——社會要求每個女人與社會規範妥協，要求我們埋藏起個人特質，成為同一規格的「集體產物」。

介紹人把婚姻的價值建築在物質條件上，認為娶妻如購買適用的物品，你需要的只是一隻端茶杯的手，一件還算合身的衣服，一部會縫紉烹調的機器，一服療傷的膏藥，一個唯命是從、不會抱怨的玩偶，一張價值與時俱進的白紙，或者一個任憑男人差遣的工具，而不是一個有血有淚、有自我意識的女人，一個具有個性特質、感情與人性尊嚴的個體。

平胸妹

我和母親都喜歡小胸，像伸展台的模特兒那般，覺得很美。

我知道母親喜歡平胸是因為每回看到大胸部的女人行經，她卻總搖頭說，醜。

正確地說應該是我們喜歡中性，中性美的淡然，不張揚。

但母親卻是大胸女，於是我目睹著晚年母親肉體垂下的歲月線條，乳房的幅度像是兩座塌陷的小丘，多肉無力的臂膀是不再飛翔的蝴蝶。

生目睭也沒聽過要花一萬元的睏衫，連內衫內褲也要一萬多元，肉叨係肉，係要調整什麼？

母親說的是調整型內衣褲，她不解怎麼有如此昂貴的小小衣服。

我和平胸妹聊著我和母親喜歡小胸，平胸妹聽得很詫異，目光且飄向我的胸部看一眼，發出果然是小胸的眼神。

我還想考慮去隆胸說，平胸妹不解地說著。

妳喜歡就去，但不要為了討好別人做，因為只要是討好，就會有上下的關係。

妳喜歡小胸我可以理解，但妳說妳媽媽也喜歡小胸？

對啊，我也覺得滿特別的，後來我才知道太女性化的裝扮我媽媽都不喜歡，她喜歡優雅，大胸部對她而言就是太性感吧。

性感不好嗎？

好啊，像瑪麗蓮．夢露。但我媽媽可能覺得性感意味著危險，所以她也喜歡我小胸吧。問題是男人喜歡有胸部的女人，還說這是女人的特權。

所以妳還是在討好啊。

平胸妹說不能說討好啦，我自己也喜歡大胸。

平胸妹試了很多衣服，尤其是襯衫穿起來特別好看。

妳看，平胸也有優點，平胸也能性感，比如穿一件男人款襯衫或大尺碼T恤。

鏡中的平胸妹，很帥，但她自己並不滿意。

五行妹

五行妹和我聊天時說，她出門搭配的內衣內褲都配合著五行顏色。

已經有些熟識的她故意開玩笑地說，妳猜我今天穿什麼顏色？

妳這樣很調情喔，還好我只是櫃姐。

我喃喃自語著木火土金水，五行相生……彷彿我的櫃位是算命攤。

黑色的，我認真地說著。

她嘴巴張得大大的，我有如神仙算得準。其實她不知道在櫃位的強烈燈光下，我早已隱隱看見她的淺色長褲裡的顏色了。

妳真厲害，沒錯。

那妳今天要買藍色的嗎？

不是喔，我要找粉色洋裝，要穿去表妹的婚禮，當伴娘穿。

所以五行也在世俗之外，總不能那天穿黑色的吧。

我想起我的母親對於顏色也很古板，曾經母親也不要我穿黑蕾絲系列的衣服，說那是攢呷查某人穿來取悅男客的。關於這點我非常不認同，她不知黑是我年輕時最愛的主調。

但確實衣服是有密碼的，穿什麼衣服是有其對自我的認知與對他人的暗示。母親年代，衣服經常都要曬在陽台或廊道上，所以選內衣和睡衣都很傳統，膚粉白色系彷彿是良家婦女的顏色。

那麼紫色呢？或者橘色呢？奔放、夢幻，顏色也暗藏了個性符號。就像情人節，許多包裝禮物總暗藏著這類帶著有意無意傳達性幻想的贈物。

四天後，五行妹拿粉色性感洋裝來辦退換。

不當伴娘了？

我竟被表妹退貨了，我和她與她的準老公見面吃飯，她說要先介紹我認識，結果吃完飯回家後，她竟打電話說我對她的準老公有意思。我心想到底吃飯發生什麼事，我對她的準老公沒興趣啊。

可能妳說話的方式產生誤會，因為我也常被誤會。

誤會？

我以自己為例，我說起我說話的方式比較沒有距離，且很容易關心別人，像是有一回空間冷氣太強，我就問一起來參加聚會的男性朋友說你會不會冷？後來聽朋友說我對這個男的有意思，問題是我連他長什麼樣子都不記得，當時關心只是因為我有帶外套，隨口問問，但因為我腔調溫柔，又很關切的口吻，就被誤會了。

五行妹大力點頭，那就對了，我當時幫表妹的男人算五行，可能身體太靠近了。

五行妹換回了黑色，五行屬金，她說。

原來黑色不是屬土，是屬金。

木火土金水，木生火，火生土，土生金……櫃姐也要雜學，畢竟面對著五色人。

流蘇妹

《傾城之戀》寫盡了女人對於尋找另一半以達身命安全感之必要，白流蘇心機算盡，卻無法留住情場浪子范柳原，但當大事件來臨時，可能降伏了浪蕩子。戰爭爆發，一座香港城市的陷落成就了他們的戀情：結婚。這個小說新觀點使這部小說的愛情描寫有了歷久彌新的經典性。

但當代的愛情，即使傾城傾國，也好像沒有太讓人銘刻的力量了。因為柴米油鹽的疲憊難題，取代了對愛情的真心渴望。

《傾城之戀》小說結尾是結束在白流蘇與范柳原決定海誓山盟的那一刻，卻沒有寫出他們結婚之後陷落柴米油鹽的困境（或精神風暴）。就像小時候讀的童話，白馬王子與公主結婚，故事即戛然而止。就像所有的新聞報導，我每回聽著，心裡總是問著：「然後呢？他們往後怎麼了？」所以我跑去寫小說，故事與新聞都滿足不了我。

讀《傾城之戀》時想的也是他們之後呢？白流蘇會不會花光范柳原的錢，范柳原會不會膩了白流蘇的聰明心機？日漸色衰的他們，愛情的賞味期是否尚存？他們生孩子嗎？他們吵起架來是何等光景？搞不好范柳原有家庭暴力傾向，也許白流蘇常歇斯底里？

流蘇妹說起她是因為一場大事件過後才和男友結婚的，但往後的生活現實卻揮之而來。

現在我們已經離婚了，心機流蘇妹變成寂寞流蘇妹。

我聽了心想小說永遠停格，但人生沒有不變的情節。巨大事件敵不過日常煩倦生活的侵蝕，日常生活就像滴水穿石，看似小事卻足以累積成壓垮婚姻聖殿的支柱。一開始就傾斜了，我對流蘇妹說。

如果是妳呢？

我想起身邊有幾個女性朋友在某個事件之後走入婚姻，比如有的因為生病時想有個男人陪，脆弱時光需索安全。

我真誠地對流蘇妹說起自己是一個比較難被討好的人，因為表面的人事物總難安慰我。就像我讀張愛玲的《傾城之戀》時，我想的是「後傾城之戀」。公主吻青蛙之後，可能是災難的開始。

然後呢？這才是生活的開始與難題。

然後呢？我總是追問著故事的背後。

流蘇妹，走到故事背後的人，於是寂寞才上場。

平衡妹

總是處在不平衡的平衡妹很早就體悟到關於兩個人要長久在一起只有兩個原因，要麼就是一方隱忍（犧牲自己），要麼就是兩個情投意合，真正做到無話不說，無事不享，但這要兩人旗鼓相當，同步成長。但這種旗鼓相當又情投意合的情況是少之又少，那是極致的完美平衡。

絕大部分的關係都是處在「不平衡的平衡」。

感情天長地久本來就是神話，因為人性是所有生物裡頭最複雜的。

有研究學者用一生忠誠的平原田鼠與一生都在雜交的高原田鼠做實驗，結果發現是因為平原田鼠身體的催產素比較多，若是將其產生幸福的催產素阻斷，平原田鼠也會到處交配，同樣地將高原田鼠注入催產素，牠也會忠誠於交配的那個伴侶。然而在人類身上注射催產素（人類本來就有的），人類卻可能忠誠一個對象也可能雜交。也就是說，人類的複雜性是難以確定的，善與惡，非善非惡，一點善多一點惡，一點惡多一點善，各種選擇題都可能是人類的落點。

因為人類的貪欲背後有太多可能了，連人類自己也搞不清楚。我聽了平衡妹的田鼠理論後說。

對啊，有人撿到一顆石頭，就認定那顆是最美的了，不再挑了。有人手中即使握著一個最美的，還是不停地望著其他的，平衡妹有感而發地說。

妳在說妳自己吧？我笑說。

對啊，最近有一個老同學遇到一個大學仰慕許多年的對象。沒想到在某個聚會重逢，女的才發現這個默默等待的人是最好的，加上也剛離了婚，兩人於是在一起，上個月才參加他們的婚禮，平衡妹說。

那很危險耶，因為男的是活在她大學的記憶中，兩人也都沒有經過生活的考驗。不過話說回來，總之有結果也是美的，王子等待睡美人吻他。

結果王子變成有口臭的平民，睡美人睡覺會鼾聲大作……平衡妹聽了接著這樣說，她頓悟似的跳起來。

古典妹

多少年來，張愛玲的《紅玫瑰與白玫瑰》幾乎代言了男子所需要的兩種愛情角色：紅豔麗（野食或調情的）、白端莊（宜室宜家的）。紅白玫瑰也暗藏了女子角色的錯亂，或者有不少女子陷入自我認同的焦慮：我該屬於紅玫瑰還是白玫瑰，既渴望白玫瑰的家庭生活，卻又想投入紅玫瑰的彩豔人生。

會把自己投射在紅玫瑰或白玫瑰角色的女人，我想愛情觀都還是太過古典，太老派了。我們不斷聽到男人炫耀自己有多少朵紅玫瑰與白玫瑰，那麼女生何不自我進階？何不自我演化？將自己提升成變種玫瑰，管他要白的還是紅的？

將近一世紀前的張愛玲所寫的愛情時空背景，居然還能在當代延續，且還不斷被提出以奉為金科玉律，尤其仍得到現代讀者（尤其女生）的認同。或許張愛玲的文字，讓許多現代女子能找到耽溺愛情，且就此沉淪不起的理由吧。

在張愛玲所寫的亂世裡，所有的愛情悲劇都建立在世界的災難之下，苟活偷生，小情小愛地苟活著。小說裡死傷無數的轟炸、國族離亂、戰爭殺戮、國際變動……諸此種種，在張愛玲的小說裡，竟都只是她睥睨不屑的「路邊風景」？

但我們距離她的亂世，其實不太遠。天災人禍倏忽之間，我們依然怯懦地學習生離死別，在愛情裡擔憂被劈腿或劈腿他人？愛情進化得很慢很難，所有的苦都如此地相像。

所以好的愛情小說，永恆不老。在張愛玲的愛情裡，承諾的賞味期限，可能只有一個夜晚。但她厲害的是把曾經體會或想像的片刻，還有那種男女之間虛假的靜好，竟寫成一種永恆，在悲傷的每一刻，偶爾我們讀了仍有著奇異的撫慰。平衡妹後來傳賴給我，關於她聽了我的一席話後的感想。

白玫瑰與紅玫瑰不再是分野，可能都是混在一塊兒的品種……我打著字。

美麗得讓人想咬一口，手機頁面跳出一個沐浴乳的法國品牌廣告。

我彷彿聞到玫瑰的香氣襲來。

不管白的紅的，最後都成了紙玫瑰，我繼續打字。

巴黎妹

久久來一次的巴黎妹和我很有話聊，因為她本身就像一個巴黎的縮影。自在知性慵懶，身上沒有多餘的線條，除了皺紋。

我們聊到巴黎女人總有些標籤式的迷人符碼，她們較少變胖，她們穿衣不拘束，她們沒有被年齡綁架，她們談愛情至死方休。

巴黎妹說有一回朋友想介紹一個建築師給她，連人都還沒見到面就被拒絕。因為對方聽到她的年齡，四十幾好像把他嚇壞了，即使她的朋友一直跟他說本人看起來很年輕，那建築師卻一直搖頭，意思是說他要找二十幾歲的。妳看，我們要是活在巴黎，誰在意我們的年紀啊。

我笑說是啊，這我太有感了。我們的愛情像被置入時間鬧鐘，到某個年齡就不再對愛情憧憬，彷彿愛情是青春專屬，但法國女人卻認為只要有情欲就會吸引對象。

不過我現在已把情欲燃燒殆盡，陪母病太久消磨了身體最後的幾縷欲望。我又補充道。

那只是暫時的，相信我，死灰也會復燃。巴黎妹繼續在毛衣和牛仔褲中挑選試穿，她適合這種簡單的時尚打扮。

送走巴黎妹後，我想著死灰復燃，但為何我仍感到所有的欲望都被浸泡成了往事幽影。

我有一年去巴黎旅行，我喜歡的永遠有塞納河畔的老店鋪和二手店，四周很喧鬧，巴黎人很愛抬槓（兼調情），這是一種存在的方式。

我還發現這個國家需索愛情的劑量很大，所以轉來轉去，許多關係都在重疊。且因為法國人不太結婚，所以關係自由，必須在很成熟的關係上才可能建立的自由度。怪不得某任總統歐蘭德當時的另一半到底要稱「第一夫人」還是「第一同居夫人」引起討論？我看著新聞，邊想著去巴黎旅行的畫面。

我發現巴黎人一天到晚都在為美和愛情耽擱著生命。

巴黎女人有三寶，音樂（或書）、香菸、咖啡。女人更需要寵物，至於男人對她們微不足道，愛情才是真正的主角。我的民宿法國主人跟我說他們同居十多年了，各自在外面常換情人，「情人是維持法國社會安穩的重要媒介，人心才不會大亂，調情永遠是必需的，即使只是口頭上的。所以妳在巴黎會發現常常有陌生人在街上向妳攀談或者要電話，讚美的言語不外妳的眼睛好美，妳的頭髮閃亮，有你整個巴黎天空都是藍的……」朋友克麗兒曾說。

聽得我大嘆弗如。「我們沒有第三者這個稱呼，第三者對我們而言是不存在的，因為我們的感情沒有誰是誰的第幾者，只要還活著，就要永遠對感情保有興致，即使明知這也是幻覺。」克麗兒又說。

誰的情人不是二手品，每任的情人都是轉來轉去的，這城市到處都是二手情人。他們喜歡有經驗的東西，就像有些巴黎女人被修圖了還會不高興地說：別把我的歲月修掉。

能把歲月當成勛章的城市。

小三妹

經常有個女子來挑衣服時都有一個看起來大她甚多歲的男士陪同，男人只坐在沙發區看他的手機，待女子走出更衣間時，他頂多從手機抬頭看一眼，有時點頭有時笑說妳決定就好。幾回無意間聽到他們的對話低語，或者男人對著手機小聲且小心翼翼地說話，或者會走出櫃位到比較遠的地方說話。我逐漸拼湊出女子是他的婚外情，刷卡是他的責任。

一看就是關係還沒穩定，所以女子還沒得到信用卡。我看著女子的容顏雖美，但看起來疲倦，屬美豔容易凋零的那種，她讓我想起艾西亞。黑色的鬈髮，深邃的眼眸，混血的臉龐。聲音有點粗啞，在酒店上過班划酒拳？

關於艾西亞·薇維爾（Assia Wevill），多數人很陌生，但只要提及《瓶中美人》應就不陌生些。詩人普拉絲自殺的導火線，是因為艾西亞介入普拉絲的婚姻，她愛上普拉絲的丈夫——詩人泰德·休斯。

但比起普拉絲，她可供後人進入其世界的資料少得可憐。她只留下其異國情調的美豔與帶著濃厚英語腔和攜女自殺的一些普世印象之外，沒有太多的生命足跡。她為愛飛蛾撲火，機心雖重，卻少了聰明。普拉絲之死，不僅無法成全其愛，更添世人指摘的火藥味，日日聞著普拉絲死亡的冤魂氣味，度不過七年，在一九六九年（普拉絲過世後的第七年）艾西亞決定以更激烈的方式讓世人記得她：她攜女自裁（她和休斯所生的女兒）。

連休斯之妻的名分也沒獲得，她當時只是休斯的同居人。且艾西亞死後不過隔年，休斯就又結了婚。以死為懲戒或贖罪，只懲罰到自己卻又無法贖罪。

艾西亞還忘了更重要的事：普拉絲之所以日後被重視是因為她留下了「作品」，雖然行徑也讓人難以遺忘她，但核心是因為作品。而艾西亞作為一名廣告文案者，她的靈魂要較勁的對象是普拉絲的詩，生前較勁的美麗，死後成了枯骨，唯作品可傳頌流芳。

艾西亞沒有留下任何詩語，她真正成了愛情可憐的祭品，少有人對她施予點滴同情。面對女性主義的譴責，世人異樣的眼光，終導致她奔赴死亡。

實則艾西亞不過是一個對愛情有嚮往（甚至帶著些信仰成分）的人，她無法說謊，於是她離了婚，和休斯在一起。她以為擁有真正的愛情，不是那種妥協的愛情，或加入其他雜質的愛情。她愛一個人時，全力以赴，用盡魅力（卻忘了留點聲名與後路）。可以說是非常可憐的小三（連這樣激烈的死去都無人同情），留下的永遠是介入普拉絲婚變且導致她自殺的第三者，一個被世人臭罵的情敵。

小三妹，婚姻的侵入者，下場還不可知。如果有一天她單獨來時，我想將艾西亞與普拉絲和泰德的故事說給她聽。

張派妹

電影《第一爐香》上映期間，她問我喜歡張愛玲嗎？

我說以前很喜歡，後來就把張愛玲擱置冷凍，因為熏習太久會有張腔感。

張派妹和我聊了小說改編電影的失敗，她覺得小說的頹廢感出不來。後來我們聊了其他。

我說很多人都很驚訝從來都不寫自己的張愛玲，在晚期的舊作《小團圓》卻暴露了很多的自己。

張派妹喜歡張愛玲的《傾城之戀》，造就了許多戀人對於「危機」的幻想：一座城市的傾毀，造就一段愛情的結盟。

我說我們處在什麼都有的當代，發現這個時代生離死別竟是那麼容易的事情時，於是很多人把握愛情，把握相見的機會，不用等到傾城那一天了。

張派妹很同意我的說法，她說她在網路看到什麼山盟海誓或者患難與共，她都好想告訴這些不認識的網友，是危險感（比如地震海嘯），成就了你和他；就像張愛玲筆下的大轟炸香港，成就了白流蘇，和每一個也想要有轟轟烈烈愛情的女子幻覺。

張愛玲這個民國世故的少女筆下的小男小女，即使活得苟苟且且也不能沒有愛情。我很久不讀張愛玲了，但我不得不承認，張愛玲獨特的愛情美學，還是給予了我某些談戀愛的道理：比如無論如何，絕不能人財兩失，因為愛錢與虛榮是無罪的。還有外表不可不注意，就算妳是個女文青，即使才情再怎麼地風華絕世，還是得好好地注意臉部保養，以及隨時注意面容體態，同時要有穿衣美學品味。

《小團圓》被定位為是張愛玲對自己與胡蘭成的辯白之作，但她畢竟書寫的還是自己。求證事實，拿著書問一個醫生朋友，關於張愛玲寫的墮胎段落，「四個月的男胎怎麼可能有十吋長，且還雙睛突出？」

醫生朋友接著笑著說：「小說嘛，何必認真對照真假。雖然小說不能違背現實，但小說家的謬誤有時候也是一種可愛，想想作家常識有缺陷，不也讓讀者有一種寬心之感，作家事事都明白，就少了糊塗的可愛，和談戀愛一樣啦。不必太認真，重點是妳喜歡這本書就行了，別雞蛋挑骨頭嘍。」很世故的朋友，一針見血，如在手術台讀小說。

中性妹

她是不分，她說誰愛我我就跟誰。

時間讓許多人成了無性者。

人為的壓抑就像河流截彎取直，自然的無性者就像河川自然改道。

不分者是模糊的，是模稜兩可的（可能會質變、背叛）。關於T的愛情，他們活生生就是男人，他們愛女人，但這些讓他們愛上的女人的順序最好是蕾絲邊的婆、雙性戀，然後才是異性戀。而婆的選擇就少了，因她們多只愛T。

中性妹來店裡都是挑既娘又Man風格的衣服，也就是娘M風，帥氣中又有很多女性的細節。有一天中性妹和我聊天時問我，妳有沒有和女人在一起過？可能那天我穿得比較偏中性風，將平常代班櫃姐的裙子換成褲子。

我點頭說有，但我知道我說的有和她想的有不一樣。但這樣可以讓她說更多，且她會覺得找到可以對話的人。

她果然放鬆地說她在讀高中時，每回看到穿英挺軍服的帥氣女教官，都想要將女教官的軍服脫掉。

中性妹透露了她的年紀，還在校園有教官的嚴格年代。

我聽了微笑著，覺得她好直率。

她接著說愛情發生時是沒辦法抗拒與選擇的，因此愛情的客體沒有性別之分，愛情就是發生的時候去認真感受、看待、接受。

說詞有點老套，很像是勵志的三部曲：面對、接受、轉化。

我回得比較文藝腔一點，說這有點像是先不給愛情下道德判斷，讓愛情的最初只能憑際遇的遭逢。

她點頭說是的。

在愛情召喚的誘發下，一個女人會漸漸觀察到自己的原欲，從而掙脫被教育所僵固的性別認同。

她聽了又是猛點頭，說起自己的身分認同是透過另一個女人的啟發，以及際遇的促成。這或許讓她重新擁有新的眼光去看待自己的潛藏性別與欲望。

我也點頭說，我總是認為一個人束縛愈少，對他人所處的世界邊界即愈寬鬆，那麼隨之而來的愛情也就有了更多的可能性。

她又說現在一般所認知的傳統女同志已經在變化中，打破性別論，打破 T 與婆的固定角色。

我正想要繼續分享我的想法時，中性妹的手機響起，她說她的太太已經到餐廳了，她跟我揮手說掰掰。

中性妹雖有點年紀了，但看起來仍像個清純的女學生。上一回她來時曾聊到她在大學讀書時每回經過學校附近的賣花小販，那個賣花男生都會拿一枝玫瑰花送她，她沒多想就收下了。有一回她帶著女伴經過，她順口就跟賣花男生介紹說這是我的女朋友。賣花男生手裡拿著原本要送出去的玫瑰花尷尬著，臉色一陣青一陣白，非常生氣，竟把花甩在地上。

那時她才知道事情大條了，男生喜歡她，覺得她找理由拒絕也不要找這樣的理由。男人真的很怪，以為送個花就要我怎麼樣嗎？她聳聳肩地說。

我們需索愛情，有時不因為性別而起，更多是因愛欲而滋生。所以我身邊有不少異性戀的女生後來轉成了女同志。甚至有不少結過婚的，後來都和女性在一起。一個異性戀者如何因一個女人的進入而重新認識自己，重新了解自己的愛情欲望。我們覺得人的愛情不因性別而來，愛情是因愛情本身的勾動，在愛情的國度沒有邊界，沒有可以分別的東西。透過對愛情的渴望力量，達到自我不被社會體制給馴化，這熱情的渴望吞噬了彼此，而達到了肉體與精神的雙重統合，不僅是性別可以超越，靈肉更可以超越。

中性妹讓我看到一種輕質甜美感，她沒有女同志書寫慣見的性欲強烈，或者義憤填膺的邊緣觀點；也沒有哀愁欲死的傷殘氛圍，更沒有非生即死的腐朽況味。是一個女人如何因為愛情的純粹召喚而愛上另一個女人的簡單故事，另闢一種無重量的當代生活所匱乏的輕質感。

讓靈魂以愛為座標來尋覓潛藏戀人。這需要誠實，這需索面對。

我知道，我們的愛在哪裡，我們的心就在哪裡。誰愛我我就跟誰。我忽然想起了多年前自己說過的話。無性無別，回歸成一只愛的胚胎，在愛的胚胎中茁壯靈與肉。

因愛而生，因愛而活。

在愛情的汪洋大海，無處不可下錨。

沾毛妹

她的衣服沾著些毛，這是有養寵物的女生，且是養貓的。

我和她聊起貓，她眼睛一亮。

我想起我的已故愛貓，老貓，有著曙光藍的迷醉貓眼。

毛孩子的出生率已經大過於人的出生率了，寵物已經成了聊天的切入點。

我已經很久沒養寵物了。

為什麼？沾毛妹問。

因為生離死別很苦，無法再承受。但同時間我也想起和自己交往過的對象幾乎都不養寵物，也不養植物，我經常愛上金屬感的人，對象的家都是冷冰冰的金屬，只擺放電腦音響電器。理由是不喜歡會凋落的東西，比如掉毛掉葉子。

沾毛妹點頭，和寵物的離別如喪考妣。

我說起在法國賣沾毛工具的銷路很好，因為幾乎每個家庭成員都需要。

沾毛妹笑說，沾毛工具也可能變成新的情趣用品。

我點頭笑說法國許多家庭，每天出門都必須互相除去沾毛，互相用滾筒式貼紙沾黏彼此身上的貓毛狗毛，前胸後臀後背頸部地上下滾動著。在我看來這愛貓人原來別有用心，這些動作隱含著高度的性感，設若是戀人彼此除毛，看來一早就又墜入愛河，軟塌無力得不想出門上班了。另外，在地鐵也常會看到有些人的外衣沾著許多的獸毛，鐵定是家裡有養寵物，且一時之間忘了除毛，又或者是獸毛沾衣不足惜。這樣的主人通常都有點不修邊幅，可以想像他們晚上睡覺時，和寵物同眠的光景。

沾毛妹點頭稱是，她也很喜歡法國。於是我聊起法國女性主義作家西蒙・波娃曾戲謔道，這城市的女人只愛貓狗和超人。在巴黎書店曾看到《死了之後是否還有性生活》的書名，頗引人想像趣味。

沾毛妹聽了笑說，死了之後是否還有性生活，活著的時候就沒有啦，一副很悲慘模樣。

難怪沾毛妹愛寵物，寵物不變心。

在巴黎是如此容易撿到情欲的影子。

沾毛妹不看衣服，直把櫃檯當吧檯，要我聊著異鄉生活，因為她也想放飛了。

於是我說起我常一個人開車去超市買東西，偌大的推車裡只放著一條巧克力，一包泡麵，一粒蘋果，一根香蕉……一看就是孤家寡人。走道上一個睡眼惺忪的男子推著購物車與我錯身，我瞄了一眼，發現物品也多是零星，兩個單身失眠者。不過結帳時，我發現男子買了沾毛工具和狗罐頭，一個養寵物的男人或女人也許已經不能稱為單身了呢。當時住的旅館附近還有寵物浴湯，玻璃屋裡，見牠們乖乖地被主人洗著身，而主人們流露出來的舒爽表情，就好像被洗的是他們似的。彷彿巴黎女人正在說著可以不需要有男人，但可不能沒有寵物。

沾毛妹說她也不能沒有寵物。

聊天過後，很久沾毛妹都沒有出現。

再出現時，衣服不再沾毛了。原來她的兩隻老貓已如花般葬在樹下。

太苦了，現在我知道妳說的不可承受的別離之慟了。

台北妹與上海妹

台北妹凱莉說起她周邊的女生朋友都很喪氣，說是台灣男性友人一個個地淪陷在上海各地。連帥氣且還是當代年輕文青的小晏都被上海妹攻陷了。

凱莉最近就從上海歸來，在我代班時間來逛逛，說了個大新聞：上海妹沒幾天就把我們的小晏同學給收伏了。

怎麼收伏啊？難不成這上海妹是白素貞，小晏成了許仙。我聽了有點不太服氣，想凱莉也是台北正妹，這樣被比下去有點不服氣。

小晏同學到底怎麼被追走的？我問。

上海妹在上海畫廊博覽會遇到小晏後，這女孩就確定要這個台灣男人。於是在小晏回台灣後，上海妹常和他通信通電話。那時候上海妹在上海還有個男友，男友知道小晏的存在後非常生氣，但表達的方式竟是示弱，聽說從他們工作的畫廊二樓跳下來，從二樓跳下沒死，但跌斷了腿。畫廊的人通知上海妹來了之後，這女孩竟是很冷靜地對著跌斷腿的男人說，我現在給你十萬元，你在「日後我們倆再無瓜葛」的紙上簽名吧。

我聽了驚嘆說，這男人跳下去是算準跌斷條腿可換十萬元吧？

凱莉頹喪地說：「她們太精刮，精刮到極致就變成生活的智慧了，竟然可以這樣解決感情，也是夠嗆的。」

「十萬元等於四十七、八萬台幣耶，我們去哪兒隨便拿這個錢打發男人啊？」我搖頭嘆氣說。

「台灣經常都是女人被男人打發呢。」現在知道小晏怎麼被追走了吧，我終於服輸。

凱莉續說上海妹來台灣拜訪小晏時，早就打聽了小晏所有的友人，該打點的禮物可都帶齊了。

看來我們這些台北妹都活得太萌了，少了精明。凱莉舉白旗自嘆弗如，她說也許在愛情裡，自己也應學點世故的精明呢。

百草妹與唯一妹

被我代號為百草妹的女郎勇於嘗試百草男，她看起來就像隨時都要準備豔遇的樣子，渾身散發一種過度招惹人的氣味，比如濃香水、假睫毛、細高跟鞋、吹整得蓬鬆的長鬈髮、窄裙、低胸、豐唇，唯獨眼尾與脖子透出了年紀與疲憊。她靠近時，猶如攜來了整條林森北路，猶如移動的霓虹酒吧。

部分閃亮且性感的衣服她還頗合適，但我覺得她去除這些過多的裝扮也許更吸引人，因為她內在已經具有飽滿的欲望足以驅動她的魅力。她聽了我的建議，點頭說下回來試試。

過了好一陣子她一進門時我竟認不出她來，拆卸掉所有的多餘添加，我發現她風韻猶存，年輕時是個美人胚子。

她不會只是聽我的建議就能改變的人，她一定遇到重大事件？

果然她說她的母親過世，因悲傷且忙碌，因而一切從簡。

她說：「看到我母親的囤積物，簡直就像夏日的一聲轟雷大響，敲醒了我。整理空間也順便清除心理垃圾，將很多感情淨空後，突然沒了欲望。」

但妳一定也感激過去的欲望餽贈給妳的經驗，不然雖沒了欲望但卻會產生空虛，但有過的人生將讓妳更知道不需要再重複了。

妮娜，妳真是太了解我了。

我心想她這回將是第一次空手離開櫃位，她是特地來看我的。

離開前她給了我兩支還沒開箱的口紅，我謝謝她之後，心想她的口紅如此豔色，我將轉給適合的客人。

百草妹讓我想起紐約的朋友，在大都會碰撞，每個人都碰撞出一身傷也碰撞出一堆感情的火花。我記得一個已屆中年過後的美國朋友曾在大家玩誠實遊戲時，說起他截至目前有過的性經驗女人人數大概是二十三個，我聽了嘴巴張得大大，他忙說這絕對不多。他說在他讀藝術系時，很多男孩女孩根本像是在玩身體輪盤遊戲，實驗自己的身體，彷彿數大即是存在。

這是性氾濫國度的男孩女孩嘗百草的經驗。

但有些人則終生只有一個，某個女人就告訴我，她的丈夫是她的第一個男朋友，也是最後一個，所以也就是唯一一個。我說我的母親也是，祖母也是，也都很幸福。這聽起來像是一個古老神話了，但告訴我的女人今年也才三十五歲。足見我們以為周遭猶如性伴侶在進行不斷交換似的亂糟糟生活，在很多人身上則從未發生。

很多於今聽起來不太合理的婚配傳統或許也還存在某些地區裡，這時候我就會告訴自己，能選擇單身實在是一件很幸運的事，我的子宮由我自己決定，即使它日後將荒煙蔓草，也是我自己決定自己的肚皮。

因為世界各地仍有很多的婦女到現在都還是不自由的。

我和唯一妹說起年輕時的旅行，當我行過悲傷草原，看見草原上駐紮著白帳篷。當地人說，白帳篷裡有個女孩正在等待陌生男子的到來；他不是她的情人，但卻將是第一個進入她身體的男人，為的是試驗她的肚皮是否可以繁衍子嗣。她能懷孕，夫家才會娶她。

每個文化存在的差異，如此地嚴酷，有的在意處女之身（某些地區結婚前仍會檢查女人處女與否，如不是，女人會被退回娘家，而遭退貨似的女人命運將很悲慘），而在這草原部落所在意的並非處女之身，而是能否延續夫家血緣的生命。

在草原上還有打扮成公主似的女孩，站在路口等生意開張。她不曾旅行世界，世界卻行經了她。旅人將和她的合照帶至世界各地，然後在臉書或社群裡展示；或在巴黎沙龍喝著拿鐵，秀著獵奇式的觀光照。她的照片可能到了大不列顛，那些中年禿男人品著紅茶，炫耀著照片。甚且有觀光客行經了她，且偷拍了她，卻不願付她錢呢。

命運大不同。但當我們擁有選擇自己命運的時候，卻常見很多人把命運選擇權交出去。要常提醒自己擁有自主的人生，從愛情到婚姻皆然，誠實面對自己，往後人生才可能誠實面對他人。

唯一妹很幸運可以自主且誠實地握有愛情與忠誠的選擇，雖然這樣說有點老掉牙，但老套的良言放在未曾實踐過的人身上都還是新套的金玉呢。

乾燥妹

在火車密閉的空間裡，冬日寒風乍然吹起時，車廂裡的氣味，常飄散著一股樟腦味或是木頭氣息，很明顯地，鄰座的人所穿的大衣封鎖在衣櫃裡許久了。

拿出冬日的衣物穿，常發現上一季的時光殘片。尤其是摸到口袋裡，已經變得包裝鼓鼓的失效乾燥劑。經常陷入冬日搔癢症的乾燥妹說起感情很像失效的乾燥劑時，我想起之前搭火車時，聞到密閉車廂的氣味。

有些感情也許就像衣物裡擱的乾燥劑，如果衣物永遠沒人穿它，是否久了那暗藏的乾燥劑也會流出淚？又是否愛情也如乾燥劑般，得印著充滿警語的字眼：「勿吞食　請丟棄」。愛情如放在大衣裡的乾燥劑，吸收太潮濕的性愛之後，總會過了有效期，這時就得丟棄，切莫吞食。

冬日久未穿的大衣口袋，除了乾燥劑，也常翻到發票（後來多了口罩），或者備份的鈕釦之類的，當然最開心的是摸到擱置的鈔票。這種感覺就像沒有預期的暗戀或心儀的對象突然來了電話，出乎意外的單純喜悅。

情人等待電話的感覺，大概和度過漫長的冬日差不多。有時愈是期待一個結果或是一通電話，通常就愈是等不到，反而快放棄時，電話像是開玩笑似的響起。就像愛情常躲在轉彎的街角，出其不意地跳出禮物等待戀人領取。

冬日大衣，躲著許多小物，有時也可能躲著一張遍尋不著的名片，這突然找到的名片也可能是一樁生意，一份愛情，一個友誼的開始。我曾經有過幾次失聯的狀態，竟都是在前年穿過一兩回的冬日大衣裡找到的，比如一張店家的名片背後有某人寫的電話，比如是一張重要的紙條。就像電影常演的：邂逅的雙方互相在夜店的火柴盒上留下電話，哪裡知道走出店家後，火柴盒卻不慎掉到水溝或者丟到垃圾桶。從此各自天涯，除非某一方找到聯絡方式。

近來發現容易失聯的原因是因為收件匣 Outlook 有 2G 的設定，但我不知，因而未儲存就消失了許多信件。還有就是手機當機，老款手機沒有資料備份到雲端的應用程式，因此常聽到手機掉了之後就只好等對方打給你，但對方並不知道你手機掉了，所以也就可能要等待機緣的欽點。

乾燥妹聽了之後說，她回去也要翻翻躲在衣櫥日久的冬天大衣口袋，也許躲著一個電話號碼，一張充滿愛情想像的紙條。或者躲著一張發票，發票佐證曾經去過的時間地點與消費紀錄，讓人陷入往事時間節點的種種。

租屋妹

租屋妹說她買衣服預算很固定，因為泰半的錢都得付房租。

租屋的經驗我也是很漫長的，以前在台北租房子，年輕時看起來可愛又可憐，但多年來從來沒遇過好房東這等好事，退租時更是被以各種理由扣押金，連隨時間而斑剝的油漆都算到我頭上。

別說沒膽當租霸，租屋前得被屋主不斷「身家拷問」：妳結婚沒？工作在哪兒？妳有交男朋友嗎？妳會不會帶男友回來？妳幾點睡覺？……為了租到房子得小心翼翼地和房東「搏感情」。但無情的是，年輕時仍四處搬家，不是房東兒子要結婚（被迫收回房子），就是隔壁女房客男友喝醉闖進我的門，或有要鬧自殺的。大樓門房是個不得志的號稱老文青，常把寫得很爛的詩貼在電梯內，也不時盯著我換了幾個男友。養了七隻狗五隻貓的歐吉桑住在斜對面，一開門渾身是菸屎味。樓下是東區PUB，夜夜笙歌，凌晨四點回到租窩的女孩哭哭啼啼，活像被撿屍過。

我們聊起租窩經，簡直是台北租窩大觀園。

廣告常寫的「電梯雅房」，到了現場卻是「頂樓加蓋」，筆直走廊上切割成許多小房，住進男男女女，每間房都像是一個即將爆破的小星球。

租屋妹說她是個膽小的人，不像我可以在那種地方住上好一段時間。她很快就搬家了，搬到一個門房是酒鬼的六層電梯公寓。每個房客搬走時房東都會找刺龍刺鳳的兄弟來，硬把房客一些東西搶下來占為己有。

妳當時怎麼會租下來呢？我納悶。

因為包租婆招租時，一副慈祥和藹老太太的樣子。

就像我們租屋時，也是會裝清純可愛。我接著開玩笑說道。

沒錯，租屋與租人房屋，有時還真是一場冒險。

香氛妹

我有次去某高中演講，整個會場差點使我窒息，因為空氣飄滿著男生青春期的濃烈體味。我的身上經常飄著香膏或者香精氣味，因此當香氛妹來到櫃位時，馬上就找到了打開話匣子的媒介，香氛之旅。

香氛妹說她不論何時都會飄出沐浴過後的肥皂香味，一種很清新之感，全身都是香的，或者用香氛洗衣服，吹頭髮。

皮膚會吸氣味？到處都也香？真不可思議。那萬一帶她去泡臭硫磺溫泉，豈不是整天都硫磺味？我問。

沒錯，香氛妹說她和喜歡抽菸的男人在一起就變臭了，每天吸他的菸味。

我聽著笑了，想起「熏習」這兩個字。

有人在意氣味，有人在意時間，有人在意姿勢，有人在意延展性。「氣味可以靠香水，時間可以被藥物延長，姿勢可以協調，延展性可以鍛鍊。但我在意的是肌膚的觸感，觸覺這很難被人工化模仿，摸塑膠娃娃和真人的皮膚又是不一樣，她到現在都還記得有一次碰到一個金髮妞，她那刮過體毛的腿摸起來好讓人痙攣啊。」我想起雄哥曾說過的話，他喜歡摸起來光滑如乳的肌膚。

香氛妹卻說她喜歡摸粗粗的肌膚，她覺得這才有男人味。她到現在都還記得在黑暗中摸著長期在瓦斯行打工的學長肌膚，那種粗糙的工人觸覺，給她一種奇異的快感。「還有那長期遠洋的討海水手，也有著獨特的長繭肌膚，粗糙的男手摸著我細緻的肌膚，很像在去角質，很讓我興奮，一種真實的存在，尤其在黑夜的激情裡。」我覺得香氛妹的癖好奇特，不禁說著粗粗的長繭手指摸起來對我有恐怖感。

香氛妹回說，唉，我就是要這種感覺啊。但我沒說我要一直找這樣的觸感啦，這年代的男人多半很娘，哪有那麼多粗獷的可以交往。

那妳之前聊起的那個送瓦斯的學長呢？我問。

香氛妹說他只有那種觸感引起她的好奇，但好奇被滿足後，他是頗無趣的人。可見光是一個點有興趣是不夠的，玩完也就結束了。

粉圓妹

粉圓妹喝著青蛙撞奶，打了一個嗝說她的愛情理論頗怪：「可以跟我單獨吃飯的男性朋友幾乎是等同於可以上床的人了。」

我馬上露出精神分析師的神情說，這有兩種極端可能，妳很隨興，或者妳很挑剔。

粉圓妹屬於挑剔者，別看她愛吃粉圓，好像到處都可以買到，但她只吃純手工的粉圓，且原料是純的。

所以她很少和男性朋友單獨吃飯，她以為單獨吃飯一定要看得順眼，話很投機，既然能符合這麼難的條件，那麼此人離可上床大概也就不遠了。單獨和一個討厭的人吃飯確實很痛苦，一堆人還可接受，因為有多重焦點可分散，兩個人面對面時，目光只有一個焦點。看得順眼或許還容易些，話投機則有難度，吃飯時，總不能一直低頭配空氣吃吧。

可見女人還是重精神感覺。

將粉圓妹的理論說給雄哥聽，他無法理解，因為他們配飯吃的是女人的臉，女人的胸，而不是女人的腦。「吃飯哪裡需要配話啊，妳們女人就是喜歡溝通。」

某男性友人的理論模式和上述粉圓妹理論，也有異曲同工之妙。他說可以被他帶回家的女人等同於可上床了。

這讓我想起在紐約讀書時，曾有個台北男性友人來紐約時順道來找我，希望我導覽他玩曼哈頓。於是我帶他遊蘇活區，看美術館，吃印度餐（他是可單獨吃飯的男人），觀百老匯秀，登帝國大廈眺望夜景。一日下來，還頗開心。

夜晚到來，這朋友跟我回到曼哈頓租處樓下，以為他是禮貌性地送我返家，等會兒他是要回旅館的。未料，他暗示說：「我牙刷都帶好了喔。」（可能我太盡地主之誼給了他錯覺？）一副要留宿模樣。我裝傻，說有室友，不方便請他上樓喝茶。

看來粉圓妹的理論還是很怪，因為兩人吃飯需看順眼且話還得投機，但這離上床，仍是長路漫漫。男性朋友的理論反倒有點可行：帶異性單獨回家是藏著暗示。這也是為何我當時在曼哈頓心生警覺之故了。

剝皮妹

很多時候，剝皮妹覺得自己確實矯情，但誠實的矯情不知道算不算矯情。

她說比如她很會讀書，藝文寫作能力也不錯，身材也佳，臉蛋也可愛，但動不動就會吐出一些髒字來，她覺得自己彷彿是披著悲秋傷春那種欠揍小文青的皮相，實則內裡是酒鬼抽菸的大欲女一枚。

我說有時候別把自己看得這麼清楚，看清自己與看輕自己都很痛苦。

剝皮妹聽了邊喝果汁邊點頭說，我再不喝酒了，喝茫了就常把自己的黑暗面不小心吐露出來。

我說，唉，女生到酒吧喝酒，或者抽菸，不就是為了吸引別人注意，或者想調情嗎？因為想顯現不同，妳的訊號表達著今夜想當壞女孩啊。

但我明明偽裝成小文青啊，剝皮妹不解。

小文青只是皮相，妳剛剛不是說了嗎？與其去喝酒吐髒字，甚至不知酒醒何處，那不如來點安全的邂逅。我給她意見。

安全的邂逅？剝皮妹還是不懂。

這時候雄哥也忍不住插話，所以小娜要妳養狗啊，妳不覺得養狗很容易和陌生人對話嗎？這是最安全的邂逅。紐約有一半的男女大概都是在中央公園或是格林威治村因為遛狗而邂逅的，狗是聊天很好的媒介。

那我該養什麼狗？剝皮妹問。真的是什麼人養什麼狗耶，妳有沒有發現很多身材健美的男生喜歡養小臘腸狗，很多長得蒼白的男生喜歡養大狼犬，很多醜男喜歡養沙皮狗，這樣可以將醜轉移……我笑說。

那我該養沙皮狗嗎？剝皮妹也跟著笑說。

不會啊，妳很正，妳應該抱一隻博美狗呢，雄哥說。

靠，我最不喜歡將狗狗抱在手上了。剝皮妹忘了小文青外表下也應該注意語言。

算了，妳還是喝酒吧，妳醉了反而安靜，雄哥嘆口氣說。

客人變朋友，我心想還是維持客人關係比較好，本來想將雄哥介紹給剝皮妹，看來一起吃飯真的有難度。

自拍妹

有人說看到老女人搞自拍滿奇怪的，但有抗議者說難道老女人就不能搞自拍？難的不是自拍，而是如何拍出內我氣質？有人終其一生也沒成長過，可能對自己一生的想像還停留在過去，因此隨年齡老去，陷入了難堪之境：外表老去，內裡卻還是少女模式。

西方很多作家照片英氣勃發，靈魂光豔。台灣女作家多以柔美沙龍照為主，我雖然不希望被拍成像沙龍照那般的「假」，但也絕對不要醜照，也沒跨過這道鴻溝。有一回旅行在外很久，曬得又黑又瘦，疲憊異常，恰逢新書宣傳，攝影師喀嚓幾下就走人。見報後嚇死了，醜照幾枚。且自此醜照還被收在「本報檔案資料室」，掛在網站或不時被拿出來用。每回朋友見了都笑說：「編輯和妳有仇啊！」

奇怪的是，有些人在上傳或編輯別人的照片時竟是無感（要將心比心啊）？除非攝影師能拍出作者那種通宵達旦的寫作精神與靈魂掙扎（但通常很難，因為攝影者多是拍拍就走了，哪有時間和作家磨，好抓住「決定性的瞬間」）。

想想張愛玲是如何塑造自身傳奇的，她沒有任何一張醜照流通於世，連老年照片都搞「自拍」，絕不假他人之手，完全控制品質。不過她要是活在現代，恐怕一天到晚得「刪」照片，或像我一般，對無能刪除的醜照興嘆。

但美美的照片就像外表，容易成為被錯解的符碼。比如《人間四月天》，由周迅演出林徽音，據說林徽音兒子曾說周迅把母親演得太柔美太夢幻了。實則林徽音非常有個性，極為健談，且批判犀利。但林徽音長得美，留下的照片溫婉美麗。當年攝影是珍貴的（經過篩選沖洗而出的照片當然都是好照片），且沒狗仔隊，也無粉絲拿著相機瞎拍。

很多人也被我的外表與聲音誤解為好相處的人，這都是剎那或短暫相逢所致的刻板印象，何況很多的相處無關痛癢，自是毋須表現真正的內我。

內我在作品裡了，就像林徽音，別被外表或照片給誤解了。

臉友妹

臉書早已被視為長輩文了，更多是墓碑文，或者罐頭文。

前不久臉友妹才傷心了一回，那是一個正在交往中的朋友圈的照片，一張張的前同居女友照片依然高掛網站，關係仍寫和某人同居中。「臉書真是太可怕了，它把一切的複雜關係都抹平在陽光下，攤平在沒有皺紋的電腦面板上。」她說。

新手剛上社群媒體時，全不知危險，比如一開始收到某些人留下的讚美字句會誤以為真，那些其實都是罐頭語言。不外是看到妳的照片，多可愛多漂亮，可否回信給我。好像這世界除了可愛漂亮沒有別的東西可以成為關係的開始。但也確實是如此，簡化為單一的格式，是最快速的捷徑。

「永遠」是最常被拿來歌頌愛情或者友誼的字眼。詩人則寫「比永遠多一天」，而等待的人則說「永遠真的太久了」。

臉友妹嘆息地對我說她曾跟一個有婦之夫交往，當時那個情人對她說：「等我十年，等我的孩子長大。」她當時聽到「十年」，簡直覺得太久了，年輕時別說等待十年，等一兩年都覺得漫漫長夜，十年大概和一輩子差不多。兩地相思禁不起時間的折騰。

「但哪裡知道，十年一下子竟然就過去了。」她苦笑著，沒有等他的這十年，她也沒有找到愛的終點站，反而十年來在愛的大海裡起起伏伏，而那個要她等待的男人當然也早就失聯了。愛情只要一方停止就難以為繼。

但也有禁得起等待的。像她的表姊夫當年去美國讀書時，表姊認為兩人最好分手，表姊說：「我不投資沒有明天的愛情。」男人給她保證沒用，最後是彼此的愛情給了彼此諾言。歸國的他娶了等待的女人，紅地毯上鋪的是雙方手寫的信與卡片，以及各式各樣的紀念物。

問臉友妹的表姊投資愛情的祕方？

她的表姊說因為看準了他也是一個投資標的很清楚的人，「所以聽到她說要分手，他就覺得以前對她的投資多不划算，所以只好繼續投資下去，而她想他也值得等待囉。」說穿了就是兩人對於「共同走到目標」的想法是一致的。

「不過，長遠的投資也是有終止之時，只要不再獲利了，她就不要了。」她的表姊曾這樣說。

於是我說當戀人說永遠愛你，是因為他們不知道永遠比無常來得緩慢。尤其是夫妻若要建立永遠的關係，那麼絕對要建立在「現實」上，「只要沒有明天，就要割捨」，這種氣魄行之於事業或者投資是如此地清楚，怪的是一旦放諸於愛情，卻不管用。

愛情不管有沒有明天，愛情發生在此時此刻。

《我倆沒有明天》，我們同時想起一部老電影。戀人和家人畢竟是兩種人類，戀人可以自私，但變成家人就不行了。

狂喜妹

有些人在某段年輕的生命時光裡會過著極其混亂的生活，今宵不知酒醒何處，日日酒池肉林，也許連自己為何如此都不明白。這些青春的騷動或許可歸於荷爾蒙作祟，也可說是因為欲望的黑洞未被填補之故。

一旦欲望黑洞被填補了，可能自此從了良。

我的老同學凱莉又來到櫃位找我。

凱莉的名字是因為她父親在年輕時常上酒家，竟把剛出生的女兒以酒家紅牌女人的名字命名。凱莉的生命黑洞似乎自此複製了父親，她年輕時也很瘋狂，為了享受被注目的感覺，還曾去畫室當過模特兒。當了不知幾任的小三或者劈腿女超人。有男人為她自殺過，而她也曾為男人想自殺過，相愛相殺的故事從來不缺席。

愛的變奏曲，響徹雲霄。滿目瘡痍的身體，等待縫補。

然無論如何地放縱自己的身體，她感覺最渴望的其實是有個安定的家。所以她和再爛的男人交往也會被蒙蔽心智，因為她總是渴望安定下來，渴望走進婚姻。

直至命運來敲門，這個縱橫情海，不斷漂流又上岸的女人，在傷痕累累之下，有天在教堂門口遇見了她的真愛，且在上帝的祝福下，走進聖殿。走進聖殿還未必能保證這欲望的結束，直到她生下了寶貝。她眉笑眼笑，傳了簡訊給我：「我生下我的小情人了。」

男人終於可以被凱莉踢出愛的門外，另一個嗷嗷待哺的小情人正嚶咬著她的乳房，溫暖她的母性胸膛，她非常滿足這無上的快樂，她還說這近乎狂喜。

聽聞過太多年輕時情欲氾濫的女子，是如何因為有了小嬰兒，而自此從情欲的大海上了岸。許多快近中年卻依然孤單的妹子們聽聞我說凱莉的故事後，不禁後悔年輕時沒多談點戀愛。「玩得這麼凶，都還能修成正果，這真不公平。我們守身如玉，卻只守到了寂寞。」

有位年輕女客人在旁聽了不解地回說著：「又沒人要妳守身如玉。」

就是啊，但來不及了。

凱莉，來自父親愛上的酒家女的名字，彷彿給出了一則啟示錄。

墨鏡妹

準備上工前，我會滑滑手機，讀些金玉良言，複製流行語，好留住女客的心。今天的老生常談：把濾鏡拿掉，你的世界就會變得不一樣。我們每個人習慣帶著自己的濾鏡看別人，所以有不同的感受。我也是這麼想，最近夏日的太陽毒辣，所以我常戴墨鏡。但問題是大白天戴墨鏡就算了，連晚上也常戴著，很多人還以為我是盲胞，故在捷運和公車上有人見了紛紛讓座給我，我只好繼續佯裝下去，不然彼此尷尬。

今天沒有女客，來的是雄哥，要買給女友禮物，要聽聽我的建議。但我們聊起了墨鏡這件事。戴上濾鏡，遮住目光。

妳這樣誆人不好吧。雄哥聽了不禁對我數落。

是將錯就錯，哪裡是騙人了。我辯解說其實我戴墨鏡不只是為了遮太陽光，其實是為了避免和人的眼光接觸。我的佛學中心老師最近給我的訓練功課。

妳做虧心事啊，不然幹麼怕正眼瞧人？雄哥不解。

我說起「眼睛」是最容易吸引磁場的感官，眼睛所及，也是意念所及。不然男人怎麼會變成視覺性動物，就是視覺吸引是最容易天雷勾動地火的，眼睛一對上，常常就淪陷了。就像男人見到雜誌上的冰淇淋美女，女人見到櫥窗的美麗衣服一般，視覺往往是最直接的要素。

妳的老師幹麼給妳這種盲眼訓練？

減少眼睛業障，我笑說。接著又正色說是因為聽說人只要眼睛彼此對望一眼，就有五百劫的緣分。想想太可怕了。你看每天要見到多少人，見到善男子與善女子也就罷了。若是剛好眼睛不小心這麼一飄就結下緣分，那可麻煩了，所以乾脆戴上墨鏡。

所以妳的墨鏡是生人勿近，阻絕任何目光接觸的可能。雄哥接著也說起有一回他因為情緒低潮跑去參加什麼心靈課程，在心靈課程上就有一個方式是在團體小組裡挑選一個對象，接著是彼此「一直對望」，他在那個「深度凝視」的課程裡，忽然就抵達了某種非常曼妙的快樂，「凝視」真的是一種溝通。

我聽了，忙摘下墨鏡問，我也好想參加這種心靈課程。

妳不是生人勿近嗎？

是啊，精神性的快樂，只是看著。

妳以為妳是睡美人啊。

闇黑妹

《神隱少女》和《鬼滅之刃》，是我和闇黑妹作為聊天的媒介，闇黑妹是日本迷。《葬送的芙莉蓮》是最新的對話連結。時光走過，當年那些動漫的創作者走到了緩慢抒情的年代，生死兩界彷彿更關心冥界。

日本作家太宰治名言：生而為人，我很抱歉。我年少時讀到這句話時，喜歡但不明白，後來才明白生而為人是應該要抱歉的，因人對於這世間常是強取豪奪的。

他替作為一個人類發出對世間的抱歉之語，這句話很撼動我。有了這句話，就不難了解嚴肅作家思考的面向是如此不同，因而作家關注黑暗也就成了必然的事了。作家關注這些黑暗面並非因為被詛咒，相反地是他們看見了生命必然腐朽，但精神不會燒壞的本質。黑暗只是黎明的前夕，凝視黑暗，終會迎接晨曦。但問題是，我們的生命態度是否有這樣的韌性，以黑暗作為打底功夫，故能不畏懼黑暗。

以前看到一本有趣的書，一個檳榔阿嬤寫自己的一生，將暗藏的血淚藉由奇特職業述說而出。這阿嬤在賣檳榔時，還會順便推銷她的書。很多貨車司機買檳榔時，也都會問阿嬤妳寫書喔，真係厲害。

當然素人寫作不是為了成為作家，而是為了發抒其一生的苦痛憂傷與獨特的生命經歷。「生而為人，我很抱歉。」我說每個人都有很多的抱歉想要述說，這種「虧欠感」就是對生命的內省。

闇黑妹說她也常問心有愧，愧對取自這世間的一切以成就自己的生活。她喜歡我說寫作就像黑盒子，黑盒子可以讓心躲藏，可以讓筆尖挖掘。

闇黑妹今天沒有想買任何東西，單純說只想見我，她笑說原來百貨公司可以不只是懸念於物，還能牽掛於人。

我讓她牽掛，一個陌生人的牽掛如此珍貴。

年輕的戀人，在彼此的生命裡留下咬痕，留下未結果的愛情胚胎印記，留下狂喜哀愁，留下大雨過後似的草坪，留下恍似每個殘留在樹上的蟬殼……闇黑妹說起年輕的戀人原本想當藝術家，離開她後男人卻變成一個證券分析師。我也憶起年輕戀人本是個漫遊者，離開我後卻成為宜室宜家的男人，彷彿是我把他推開。

故事必須挪位，愛情必須挪移，才能產生新動能。

但故事有時要留白，而不能寫得太直白，就像遮掩比裸露更具引誘力，因為遮掩讓人想要褪去，裸露就太清晰了，反而無感。

闇黑妹笑說這很像她國外參加過天體營的感覺，沒穿衣服反而無感，像是伊甸園。

哇，闇黑妹一點也不闇黑。

寫生命史，就像在黑暗盒內緩緩地吐著蠶絲。

在一期一會裡，我們珍視每個過程，每個生命的遭逢。希望生而為人，而不感到抱歉，不感到抱歉就得常檢視自己，寫作也是一種檢視的過程。

闇黑妹說她去搜尋我以前的照片，不是波希米亞的花色就是黑色，但後來看我的照片偏亮色系了，她問我原因？她知道我在櫃位穿黑色只是工作的需求。

因為黑色太沉了，已經穿不住，突然明白黑色與花色都是年輕的色系。

闇黑妹笑著說，我還沒辦法跟黑色說掰掰。

我說每個時期都會有不同樣子的自己，這樣才真實。

肥皂妹

肥皂妹認識久了都會帶來一塊小小的自製手工皂給我，她喜歡手作肥皂是因為前男友經常送自製手工肥皂。於是從此她喜歡肥皂多過於洗潔精，喜歡搓揉感，逐漸起泡沫的下雪想像。反覆搓揉，刷、洗、沖。愈洗愈薄，直到消失。像是愛情。

肥皂妹還說起她阿姨曾以羨慕口吻對她說，你們現在到處都有旅館，真好，哪像我們以前年輕時，住在大家庭，又在小地方，根本沒什麼地方可以和男友ＱＫ（休息）。

雄哥說他有幾年也常往摩鐵跑。

有段時間，他在感情空窗期時遇到一個女生，現在回想起來長得其實還挺不怎麼樣的，標準的豆花妹，滿面豆花。但這女生身上常奇異地飄來一股年輕的費洛蒙氣味，只要閉上眼睛，她就是一股奇異強烈的性召喚，他竟是一看見她就想把她推到牆上。就這樣，他們有空就約去摩鐵，但當時窮，他都是騎機車去。

雄哥說，去的是汽車旅館，所以當他騎著機車去，停在空蕩蕩的一樓停車格，真是超詭異的。在櫃檯結帳時，後面等的轎車一定笑翻了。

「對啊，為何沒有機車旅館？」肥皂妹好奇說著。機車旅館一定很方便，旅館也可以多隔出很多房間。

肥皂妹說起有一年去旅行時，住到一個旅館，結果旅館的地板竟然破一個大洞，她可以窺見樓下的床鋪，夜晚戀人就在床鋪上激烈地翻滾，搞得她神經衰弱。隔天卻在大廳看到昨夜的戀人只剩下男的，女的已經離開。「那男的還跑到我面前說，妳昨晚欣賞免費秀如何？把我羞得差點躲到地洞去。」

我拿著她送的肥皂大力聞著說，好香的迷迭香和玫瑰花香。

旁邊有個在試衣服的女客好奇地問肥皂妹，那個男的有沒有邀妳？

「我沒答應啊，我想還是當個旁觀者比較安全，畢竟旅途裡安全至上。」肥皂妹緩慢地說著。

妳到底去哪兒旅行啊？那是在哪個地方的旅館啊？女客繼續追問。

開車妹

女客人知道我會開車後都會瞪大眼睛說，妳看起來像是不會開車的人。

不只會開車，還得懂些車子的常識呢，比如五油三水。

奔馳在台北大度路時，經常看到駕訓班上路的車子緩慢地開著，我一個漂亮弧度地輕易超車，感覺自己彷彿已是賽車手等級。

大學就去學開車，依稀記得在駕訓班報名時有個教練對我說：「女孩子給人家載就好了。」聽到這句話我更不服氣了，立馬繳費。當年考的還是手排車，心驚膽跳加手忙腳亂的，但卻考一次就拿到駕照。取得駕照時，我媽媽還說，哇！是不是教練放水，妳爸爸當年還考了兩次呢。我說車子不就是加油與踩煞車，哪有什麼難的。

結果後來發生不少糗事。

比如開大燈而不自知，或者停窄巷車位卻好幾次都停不進去，堵住了後方車，後方車主看不下去，乾脆下車說，小姐，我可以幫妳停嗎？年輕女生的優勢？或可能只是遇到好人。總之新手女生上路時，泰半有人願意協助。

最怕路況不熟開進死巷，一路只能沿著窄巷慢慢倒出來。

還有一次竟開到完全沒油，夜晚時分，突然車卡在路上，還好因夜晚車少，但也因夜晚而顯得無助。一位計程車司機停下來協助，用寶特瓶去買一百元的油先幫我加進去。另有一回是下車進超商買個東西，車子熄火後，卻因啟動馬達壞了而無法發動。更有過車子開到前引擎蓋冒煙的恐怖景象，車拋錨在路上，差點引擎掛掉。

幾次經驗之後，我才知道車子最重要的是五油三水。五油就是汽油、引擎機油、變速箱油、煞車油、動力方向機油。三水是引擎冷卻水、雨刷水、電瓶水。

有過開到無油的恐怖經驗後，現在養成油錶指針快到最後一格時就去加油。即使油針掉到底線，都還有幾公升的汽油量，仍早早加油，唯恐開到忘記或一時找不到加油站，造成無油熄火的危險。

以前開老車時，怕老車吃機油，行李廂還會多放一瓶機油，以備不時之需。也經常自己檢查水箱水或雨刷水，有時在冷車時打開引擎蓋加水，有男駕駛經過看到此景，可能看我一個瘦小女生在做「黑手」，還搖下車窗朝我喊讚呢。

我想車子需要五油三水，就像人生不離五親三師。

天師地師人師，師師有很多種，但缺一不可。

一如再名貴的車子也離不開最基本的五油三水。

回憶開車往事，也彷彿和女客們上了一堂駕駛課。

刈包妹

刈包妹最愛吃刈包，她說起某男友念建中，他在高中年代住永和，每日都是搭 5 路公車過橋上學，沾染著青春色調，離與返總環繞在公路一村。四號公園前身眷村雜遝著各省五色人，充滿雜燴的生活味。

往昔遠逝，美食恆在。

刈包肥瘦兼有才好吃，肥而不膩、瘦而不柴卻難。刈包特色皮薄而大，內餡豐厚，口感緊實，以東坡肉作法紅燒，肉呈金黃，去肥油，皮彈Q。肉鹹香微甜，軟爛入口即化。

有一回刈包妹帶老外友人嘗鮮，友人指著刈包問她這英文怎麼說時，她直譯 Tiger eat Pig。她笑說只見我那友人一副嚇死寶寶的眼神。

她進一步解釋刈包另一個文青名字：虎咬豬，以刈包虎口咬住豬肉來解釋，老外友人一路邊吃邊咬刈包，沉浸在虎咬豬的傳神比喻中。

妮娜，妳喜歡吃刈包嗎？

喜歡啊，刈包潤餅我都愛吃。

下回帶一個給妳。

好喔，只是我現在吃素。

啊，那就不能叫虎咬豬了。

虎（刈包皮）咬的不是豬了，可以改成虎咬菜。

虎哪會吃菜啊？刈包妹抹著嘴巴的油光，轉身去洗手間。

逆天妹

櫃姐得跟上流行，為此我也常讀些流行媒體創的新詞或學習將舊詞新用，我常想這些小編的腦子真的很會下注解或標題。當然有些字詞在事件過後往往成了歷史（如犀利哥），但有些反而成了經典代名詞，強勢進入日常生活。

倉頡造字的工作在當代已經交給了媒體或網路。

比如我第一次聽到電玩遊戲廣告詞：「殺很大」，彷彿電玩世界飛沙走石的畫面。「逆天」，形容有年紀竟還能出現倒轉時間之逆天美。當我這種著迷文字的食字獸想著這詞用得好時，在我心裡被代號為逆天妹的她竟聽了大笑說，其實說白了，逆天就是整形，誰能逆天，妳知道我這張臉花了我多少銀子嗎？

逆天妹給我看她以前的照片，真是判若兩人。但她的穿著還是沒有進化，說話氣質仍沒昇華。幾個熟悉的朋友「進化的變臉」程度把我駭了好大一跳，不是修圖的那種感覺（基本上我以為常用的修圖是用美肌或變瘦的那種「照騙」），是完全逆天的樣子，也就是和原來的長相完全不一樣（靈魂果然比不上臉皮重要，因為靈魂無法被看見）。

許多人想變美還有個原因是現代人難以隱形也難以隱居，身處隨時都會留下身影和遭到被拍壞照片上傳的時代，只好強化自己的美。像張愛玲或林徽音，只要留下幾組經典照就足以美麗一世的時代已然過去。隨時都有可能被手機捕捉到的野生照，連聖者在當代也難以維繫形象了。你可以想像托爾斯泰穿一襲白衣的沉思模樣轉到了當代變成在咖啡館蹺腳挖鼻孔的崩壞照嗎（愈是以形象著稱的人在當代愈是危險）？

人人想要逆天，和時間抗衡的虛無，其本質也是某種文學的命題。聽聞過西藏修某種法可以凍齡，哪個年齡修就停留在哪個年齡。著名的西藏蓮花生大師的明妃伊喜措嘉據說永遠看起來年輕如少女。

這才是我嚮往的逆天啊。但嚮往只是嚮往，還是美圖秀秀快速方便且不用花錢。這個詞也命名得好，美圖秀秀是無法（不想）逆天者發照片時的好朋友。

以前也常有人問我的名字是筆名嗎？或沒見過面而以為我是「老」作家。可能因名字和前輩作家林海音、鍾梅音相近而產生的連結。我的名字據說是父親和讀過書的叔公討論出來的，有時我會遙想兩個男人在幽黃燈泡下，認真挑選嬰孩之名的奇幻之夜。

作家取筆名，為了獨特。作家林徽音一度曾改名林徽因，說是不想和當時某同名者混淆。詩人泰半取筆名，因詩是如此隱晦多義，詩人之名很菜市場，實是破壞想像。

有的作家雖取筆名，但仍蘊含原生連結，比如法國作家瑪格麗特·莒哈絲（M. Duras），Duras是法國地名，作家父親的出生地。如果我取筆名，也許會取：雲林文音，四個字挺特別，又可標誌原生地。

名字有時代性，古早年代取名罔腰罔市，意味著隨便養。如有歐巴桑取名文藝腔或怪字，多半算過命改過名。這種荒謬感我也常有，某回經過一棟新建築，竟看見父親名字變成建案名字，一生都沒有房地產的父親，變成一棟豪華建案之名，頗是諷刺。就像有些建案取名：井上靖、川端，文學家一生簡樸，轉成建案之名，就是怪。我住八里，沿岸充斥偷渡「海」名的建案，一種銷售風光的虛幻手法。就像以前的人太窮，故常取名：財、康、雄，期盼孩子發財健康英武。這時代常見男生取「柏」、女生取「妍」，常青與美麗，當代的渴盼。

我是食字獸，嗜讀文字。見到診所叫「佳音」，心想醫生應是基督徒，見到茶館名「行深」，腦海自動連結《心經》：觀自在菩薩，「行深」般若波羅蜜多時……見到「葉慈」咖啡館，好想去喝杯有詩心的咖啡，結果是失望的，詩人不在，只有談股票的人漫天數字橫飛。

羽絨妹

客人和我聊天時說起飄出嬸味的辨識方法，比如結帳時出示很多點數與折價券，在電梯裡不遮掩地大聲聊天……還有嬸級的女人幾乎都有一件紫色羽絨衣。

被我稱為米其林（輪胎）的羽絨衣。

當我聽見紫色羽絨衣時，我笑開了，因為媽媽就有那麼一件紫色羽絨衣，最近在整理媽媽的衣物時，我保留的其中一件衣服就是紫色羽絨衣，朋友笑說我可能下意識想自己日後穿得到？

服裝是符號，容易辨識出某種行業或年紀或性格，比如茶人僧人穿淡雅色布衣，夜店女生自然穿性感緊身衣。但我第一次聽見紫色羽絨衣會飄出嬸味，於是開始觀察公車捷運，果然很多有年紀的女人身上有幾個符號：多半會戴帽子（遮白髮），揹雙肩背包（減壓又可放保溫瓶雨傘），身穿羽絨衣（夏天穿防曬輕薄外衣）。為何是羽絨衣？我想是因為羽絨衣最方便，防風防寒又輕巧。但為何是紫色系？倒是讓我對色彩和年紀（性格）開始思索。

上年紀的人不喜歡黑灰，但穿紅色系太鮮豔，粉色系又太年輕，希望看起來有朝氣又不失身分年紀，很自然就選到了紫色系。媽媽那件羽絨衣不就是我幫她選的嗎？我當時在一排衣服裡也自然而然地選了舒服又亮眼的紫色系呢。

打開自己的衣櫥，黑灰白或少部分花色系，成為衣櫥的風景。媽媽最不喜歡我穿全身黑，那些花色系或亮色系都是為了見媽媽而穿的衣裳，可我真的好喜歡黑色系衣服，難道有一天我也會走到厭棄黑色系衣服的地步？還是不管到了任何年紀我都依然喜歡黑色衣服？

總之，恐老彷彿瀰漫整個社會氛圍，尤其女人總是在和抗老大作戰。而其中嬸味是女人最恐懼的氣味，但為何大家在意外表飄出嬸味，卻很少人願意提升氣質？

其實嬸味不只是外表，更多是來自於談吐與內涵。有人外表「裝」得年輕，但一開口簡直慘不忍睹，難怪「大聲」說話也是嬸味的辨識度之一。

但我們多半會注意「音量」大小，卻少注意「音質」高低。有朋友問我，音量大小可以控制，音質如何改變？音質不是天生的嗎？

沒錯，音質是天生的一種質感，但經過自覺的努力，我覺得還是可以稍微修正的。比如最著名的例子是名模林志玲本來有一口娃娃音，為了演電影，她經由訓練而改變了音質。音質不需要優美（廣播式的音感出現在生活中不免太做作了），重點是要聽起來悅耳。

就像有人問如何增進談吐與內涵？內涵可藉由多讀書多閱歷，而音量音質則可增進談吐的適切發聲「管道」，我最怕聽到刮玻璃式的「刺耳」聲音。

有朋友說我的聲線屬於「療傷系」，如果能以聲音療癒他人的傷心，這真是一種讚美。

話說回來，外表畢竟辨識度最快，這是瞬間好感的第一步，於是談吐內涵雖重要，但外表仍是女人兵家征戰之地。

相由心生，好聽的聲音也可避免飄出嬸味。

娘M妹

無差別性別的穿著，混著又娘又Man的穿著當道。

在中性襯衫或男性風的直筒外套上綴飾些小細節的鏤空雕花或蕾絲繡片是近年熱門款，我個人也很喜歡，混搭中又調和著陰陽。

經常人還沒走到眼前就先聞到香氛味的娘M妹是店裡少有的異性客人，但其實該說我們是同性。娘M妹有著漂亮的男軀，但絕對是個美少女。聽著我的敘述，目光虔誠，以望著絕種愛情動物的憐惜姿態看我。

和娘M妹分享紀德，也分享我旅行過的中東，暑假他正要出發上路。

我說起一個對他很新的名詞：享樂式婚約，娘M妹眼睛瞪得大大的。

穆罕默德先知曾為當時的旅行者、出征的戰士和游牧維生的牧羊人定下了一個因地制宜的享樂式婚約，享樂式婚約的效力可以從一個小時到九十年之久。而我當年是個旅行者。但我尚學不會因地制宜，反帶著古老的心在打探近似九十年婚約的絕對愛情。然而愛情和旅行相仿，畢竟，總有打包回府的一天，絕對者稀，於是總得學會一轉身就是一輩子。

很期待很興奮很飽暖很糾葛很熱浪……很冷很累很餓很弱很疲很睏很窮……離離返返上上下下來來往往起起落落進進出出，有人擇一長居，有人擇多驛動；風景人文對味，腳程於是耽擱，一旦無聊便又見異思遷。旅行的始終和愛情的起滅，有著同等韻律與多方面向。

當兩人各自奔向遠方，那所啟動的將不只是腳程，更多的是來自心之絕望眼淚。一個想奔向他方盡頭的單人旅者很少會是在故里安居於情愛的人，他們的遠方提供的是情愛的逃亡與精神的出口，總幻想以為時空阻絕了將可減少心之牽痛。

只有那些徜徉在棕櫚樹下者才是某種戀人旅行的氣味。

旅途時空長短遠近和遊玩姿態，常常背後牽動的是心情牽掛的愛情成或滅。

旅行者恍如黑暗之心，總是被套上一種荒疏的情欲開發面紗，因為那是一種對女子自由羨嫉之狹隘目光。一如康拉德筆下的女人沒有道德，「我們的道德聽命於我們所愛的人。」

娘M妹彷彿來聽我的旅行講座似的陷入了沉思。

黑卡妹

黑卡妹來櫃位的時間和往日不同。

怎麼有時間啊？我好奇問著，平常午後時光都是她陪老公的時間。

離婚了。黑卡妹語出驚人。

我著實驚訝不已，之前她一直在秀恩愛。

因為這位被人人稱羨的女人也不過四十歲。現在我才知道她的前夫已七十多歲了。她說當她離婚的消息一傳出去，每個人說的是看吧，老夫少妻，妻子不外遇才怪。

結果有外遇的人竟然是老先生，而不是她這個嫩妻。

當然嫩妻也不嫩了，不過風韻猶存，說來也不是沒有機會。她說和她先生結婚前有個奇特的離婚協議書。

話說她當初遇到這位老先生時也才二十歲而已，而老先生當時已然五十多歲了。由於相差三十幾歲，所以老先生當年真的是怕嫩妻以後會外遇出軌，加上一個年紀輕輕的女孩子會看上一個老先生無非是老先生坐擁金錢實力，而一位老先生會看上嫩妻自是被年輕貌美吸引。

老先生當然明白這一點。因此他就要這位即將成為自己嫩妻的女人在律師面前簽下一份協議合同。內容大意是說雙方結婚後，若有一方外遇，那麼除了保有住的房子之外，其餘一切財產均歸沒有外遇的一方所有（即歸屬受害人）。

就這樣，時光荏苒，歲月如梭（她覺得自己好像在和我說書，邊說邊笑著）。他們結婚後從大家不看好的婚姻裡，竟生下一男一女之外，也相安無事地度過了二十年。就在不久前，老先生都已七老八十了，沒想到她竟發現了丈夫有外遇，且外遇的女人比她老，已五、六十歲的歐巴桑。

她說：「天啊，我簡直無法相信，有一天我偷偷到丈夫的山上寓所，在窗前偷覷著，我見到這位歐巴桑細心地幫他沐浴按摩剪髮時，我才恍然大悟人老了，最終需要的是這樣的撫慰，而不是美色了。」

他們離婚後，黑卡妹也獲得幾棟房子和繼承些家產。而老先生則守著養老的山上寓所和一個細心照顧他的女人。

男人要的東西每個階段都不同，身體還健康時無時無刻不總是觀望著美色，但一旦年老色衰，會想要的是溫柔體貼與關心。我聽了有感而發。

黑卡妹說要命的是她心理長年不平衡，覺得自己嫁了個老頭子而委屈，好像在和鈔票睡覺似的。

情腦妹

愛情腦的情腦妹在等公司送貨過來時說起她一遇到愛情就變得情商低。

人人都追求愛情，但很少想過送終人如果也是自己的所愛該多好。在最愛的人目送著的眼神中闔上眼睛。但大部分的人都在陌生人的眼中離世，我在醫院看多了。

情腦妹說我想得太遠了，戀愛中的人哪想得到送終人。

她回我說，絕對不要讓愛人當她的送終人。

我點頭說，確實看著愛人離開或者他看著我離開，這都太痛苦了。

我家的狗在離世前突然失蹤，後來才知道牠自己去附近的郊山走完最後一程，不讓我難過。

也許我們也應該學著像動物一般躲起來。

談起生死與送終，情腦妹也變哲學家了。

愛情使我們變哲學家，面對生死議題，每個人也都有一套看法。

這時公司助理阿仁哥送來了情腦妹之前預訂的商品，聽我們在聊的話題，他說也不是每個人都能夠又是愛人又是送終人，很多愛情在過程裡早就折損了。

阿仁哥看我們聽了很有興致的表情又繼續滔滔不絕地說，像我之前結婚七年，當初那個走入禮堂的愛人原以為也會是我的送終人。哪裡知道她會和我離婚，接著又再婚，就這樣我有了二老婆，也多了另一對岳父岳母。但又過了大約七八年吧，我在事業失敗後，她也離開了。就在我的事業風聲鶴唳時，我躲到龍潭山區別墅，遇到一個死了老公的女人，她極盡所能地照顧我，就這樣成了我的第三任老婆。之後很奇怪的，我都沒有再愛過其他女人。哪裡知道，直到我將跨過五十歲生日的那年秋天，我無聊地在老友阿財的慫恿下去一個企業單位舉辦的聚會，說要湊湊好看的人數，我就去了。未料我又在那裡遇到了人生美麗的風景——第四任老婆。

情腦妹聽了大聲說著，天啊你竟然有過四個老婆，這讓情腦妹聽得簡直火氣都上來了。阿仁哥，你一個人把我們的結婚額度給用光了。有人沒結，有人卻結四次，且還執迷不悟。

我不是炫耀我結很多次啦，我是要告訴妳們愛人不一定是送終人，遇到老公出事時，她們有時候跑得比誰都快。妳看我的前三個老婆都禁不起考驗。

那第四個老婆會不會是最後一個了？情腦妹小心翼翼地問著。

阿仁哥說希望是吧，年紀也到了，再換下去，就要孤獨死了，哪裡有什麼愛人與送終人？

羅絲妹

羅絲妹喜歡老電影。

我把她叫羅絲妹，是因為最近老電影重播，讓她想起往事。

她和一個叫派翠克的美語老師一起去看《鐵達尼號》。

派翠克後來去了峇里島，有回羅絲妹正好有幾個女性朋友也要去峇里島玩，她就介紹她們可以去找派翠克玩。後來卻聽一個也一起去的女生說，幾個女生竟為了派翠克爭風吃醋，有一個最後還不肯回台北，也不管派翠克當時已經有女友，竟執意也要跟他留在峇里島。

之後故事自此就斷線了，或該說是羅絲妹就把耳朵關上了。

羅絲妹問我有和在台灣的外國人交往過嗎？

我搖頭。

羅絲妹感嘆地說派翠克這個人的問題就是太容易愛上女人，他就像鐵達尼號，表面豪華巨大，很多人都搶著登上去。「我當時年輕，也曾登上派翠克的甲板，只是他還沒開航，我就倉皇地下船。以致後來聽到認識的女性朋友因派翠克而自願滯留他鄉時，我當時還曾心生懊惱過。懊惱是否不該仲介這樁遭逢？」

我安慰她說，有時候我們以為愛情的旅程是在尋找愛情的對象，但其實那個旅程更多是在尋找如何看待自己內心那雙真正的眼睛。

要訓練自己有雙不被欲望遮蔽的眼睛，羅絲妹喃喃自語地重複著我的話。

安娜妹

「有多少顆心，就有多少種愛情。」我看著《安娜．卡列尼娜》，托爾斯泰的名著小說改編成的電影。

選擇離婚的安娜，失去丈夫、社經地位與兒子等一切，因而她只剩下對方，只剩下「愛」可以讓她呼吸。但那個讓她外遇且重新燃燒愛欲的年輕軍官卻無法只專一於她，他們再次進入戀愛的墳墓：吵架、嫉妒、傷害、酗酒……最後是安娜的臥軌自殺。安娜不願苟活，她選擇毀滅，為愛毀滅了自己。

我感慨地想以前的女人想要談場愛情，這愛情可能會要了她的命，社會上的人每人吐一口口水就把她淹沒了。但於今世代，我周邊很多的人妻卻都守著一輩子的祕密度日：外遇，她們都是安娜。

女人不是外遇少，女人只是守得住祕密。

但怪的是，人夫的外遇多會摧毀人妻，人妻的外遇卻未必摧毀人夫，甚至因為回家後怕祕密被發現而對丈夫更溫柔。家裡多一根外面的支柱，反而確保了家的防衛網。當然這要人妻與外遇對象默契很夠，且外遇對象成全與尊重她的家人，這類男人通常也都不想婚，故找到也只想喘口氣的人妻反而安全。

「夫妻之間如果不是決裂，就必須徹底相愛。」被我代號為安娜妹的女客人說著，電影裡的安娜死穴就是太執著於絕對。

她偷偷跟我說人妻的外遇只是想喘口氣，並非真的想外遇。人妻只想從日常生活裡出來喘口氣，但要是像安娜一樣，想要完整擁有另一個外遇的對象，那就會摧毀自己。我也感慨地說。

妳要當安娜還是非安娜？她問我。

我想著故事：「我要的是愛，但已經沒有愛了。」安娜臥軌前想著，「不，我再也不會讓你折磨我了。」安娜衝向一輛列車。

唉，沒有愛情會窒息而死，有愛情卻會被折磨而死，都難受吧，我說。

這座城市已找不到這樣決然的安娜，但卻也見到這城市遍地是傷心的安娜。

影迷妹

電影節又來到，影迷妹來櫃位不時就和我聊電影。

老人的戀情通常處處帶著危機，尤其是當他愛上年輕貌美有著神祕氣息的女子時，其捉摸難定的楚楚可憐，多會讓沒經驗的男人暈船，甚至暈到吐血。

電影《烈火情人》即是，父親愛上兒子的神祕女友，和女友發生激情，他失去兒子、老婆，最後放逐孤島，只對著女子照片凝視。旁白說著他後來在某機場遇到這神祕女子，卻發現她手上抱個孩子，看起來就和普通女人沒有兩樣。

電影《寂寞拍賣師》，也是老人與年輕神祕女人的故事，墜毀深淵的是老拍賣師，他被相熟二十多年的藝術家夥同女子設計而最終失去一切。電影拍得非常細緻，有個畫面是失去一切的拍賣師站在警局前，忽然他不進去了。電影沒明說的，其實就是他對愛情的新感知經驗。

表面上拍賣師失去了他一生天價的珍品畫作，但他卻有過一生最美麗的愛情回憶，他憶起女人曾說：「不管發生什麼事，請相信我是真心的。」有潔癖又孤高暴烈的拍賣師終於在人生向晚時光，受到愛情美麗與激情的強烈撞擊，那是畫作裡無數「平面」女人所不能取代的。

電影另外的隱喻是：所有的贋品來到拍賣師的銳眼下都可被解析，但唯獨面對愛情他無法穿透真偽。最有意思的畫面刺點是，愛情最可愛的地方是，即使被騙也甘心了，因為那就是愛情本身最美麗的風險之處。既是真心付出，哪有真假。在美術史裡也有個有趣現象，幾百年前的偽畫，經過漫漫時光，也是真的了（因為畫作是通過時光才顯得稀有可貴）。

但愛情可不這樣，愛情必須把握每個際遇，一旦際遇溜走，就是愛情的失去。法國女作家莎岡是位深諳愛情的女作家，也有人說她是「繞著床寫作」，主題從不離開愛情與性欲。其小說《熱戀》的命題核心：「在愛情面前，我們能任性到什麼程度？」此正好可以用來詮釋《寂寞拍賣師》，失去一切的物質，換來一生銘刻生命的愛情體驗，究竟誰輸誰贏？

他孤寡一人，又老了，守著畫作有何意義？還不如縱躍愛情之海，即使被激流狂捲也在所不惜。我以為拍賣師是贏的呢，他嚴酷一生，終於任性一次，在愛神面前他交出真心，昂首無愧地上岸。

我其實抱以同情的反而是那名失去他的女子，為了財富，但心也許已化成灰燼了。

影迷妹聽了大力點頭。

壁虎妹

有個女客說她走在西門町暗巷時，曾被一個中老年人誤認為是「站壁」的，她生氣地說著竟有人來問她價錢呢。

於是她被我代號成壁虎妹。

雄哥聽了卻有不同看法，他對女人說妳應該高興的。他以為一個人的情欲被他人需要和看見時，其實「被需要的人」是要感謝的。

這怎麼說呢？壁虎妹不解地問。

妳想想看，如果有一天妳走在路上，或去些地方，卻沒有人看妳一眼，也沒人曖昧挑逗或調情妳時，那妳一定覺得自己毫無魅力了吧。像我有一回，一個人去華西街，走在茶室街，門口盡是些上了年紀的媽媽桑或是年華老去的查某，我漫步在那裡時，竟無人看我一眼，且連聲招呼都沒有，這可真是奇恥大辱啊。

怎麼會？你年輕又有活力，壁虎妹說。她真善良。

後來我想，那天我剛剃了頭，又穿著灰色衣，可能被當成出家人。我後來是這樣想才好過了些。

所以當別人將欲望投射給妳時，要感謝自己還能被別人的欲望需要呢。

我那天可能穿得像站壁仔，所以走在西門町就被問了價錢。壁虎妹回憶道。

我說衣服是有密碼的，是這樣沒錯啊，比方說我不想被騷擾時，甚至也不想被注目時，我都是把自己包起來。尤其在巴黎旅行時，若穿暴露一點，每天都會不斷被探詢，邂逅者都可連成一張地圖了。

結束聊天後，壁虎妹傳來了訊息，其心得是：感謝別人對我們還有欲求的想像，同時注意衣服所洩漏的訊息，不然女神就變神女了（除非心裡本來就想這樣）。

嫞味妹

她說近來常見老去的老友，發覺老去真的是瞬間的事而已。有時候隔一陣子見到老友，總讓我感慨，乍然見到朋友不是變老就是變胖，才沒幾年，歲月就悄悄爬上女體，真是片刻都鬆懈不得。

女人年輕時可以裝可愛（因為不必裝也可愛），到了某種年紀裝可愛就變得可悲。

張愛玲：「衣服是個人的移動舞台。」

衣服是身體的修飾品，我到現在都還記得高中老師對我們說：「你們這個年紀啊，穿什麼都好看。」我當時才不覺得呢，現在看到變形的同學或者阿姨姐姐們的身體，忽就明白青春的好處就是「怎麼穿都好看」，因為青春撐住了腐朽。

從人的衣著可以看出人身體此刻的「情欲座標」，比如年紀輕的人穿露背露乳露肚裝，無非是為了展現姣好身材與青春氣息的肉體。若年紀稍大者仍穿著暴露，有可能是要和青春人「車拼」，不服老，或身體仍有情欲（至少是希望被注目）的渴求。

以前是拚命暴露，現在是拚命遮掩，嫞味妹說。

但是能遮掩還好呢，遮掩不住就難堪了。

大嬸也年輕過。

嬸味妹說起年輕時在酒吧混，常見有不服老的歐吉桑穿著花衣服試圖想「釣」青春女孩卻被拒絕的悲哀模樣。

嬸味妹秀出手機中的年輕照片說，妳看，我年輕時可以穿比基尼，現在卻是常穿義工服或打禪的海青裝，女人的身體隨著年紀以及心境改變，而有了不同的衣服樣貌。

我想難怪出家人穿灰色衣，是為了斷欲，不讓人產生遐想。

服裝穿錯真的是麻煩，這讓嬸味妹說起她年輕時有一回穿娃娃裝，但看起來卻像孕婦，搭捷運時有個高中生讓座給她。

她忙說：「不用！不用！」高中生卻還是站起。她只好坐下來。「不然怎麼辦！總不能大聲說我沒懷孕吧。但我當時心裡可超不是滋味的，我低頭看著自己想，難道我看起來真的肚子很大？這讓座的人也真白目，他沒看我腳踏十公分的高跟鞋啊，有孕婦穿這麼高的嗎？」

這還好啦，我說最怕掛著羊皮的卻是一匹狼。嬸味妹看著社會屢屢層出不窮的事件多是因為人們太以貌取人。末了，她說幸運的是自己已走過了這種加入外貌協會的年紀。

主婦妹

中山北路一帶集結著許多個性美髮店，乍看以為是文創店或咖啡館，環繞在女人身上的「微物」世界總是如此華麗可喜，每個女人走出沙龍，一身的髮香，美髮店獨有的氣味，飄散出帶著濃烈的人工香氣。

東區一帶的美髮店則開得頗晚，常常過了晚上九點多了店內還燈火明亮的，設計師大多還在忙著為女人燙頭髮或剪頭髮，吹風機呼呼作響。

這麼晚了，為什麼還要把頭髮吹得如此美麗？這時候不是該卸下一切了嗎？還是美美的香香的也是為了吸引上床這件事？

妳看美髮沙龍店內很多厲害的設計師多是男性，我說。

對啊，很多餐廳主廚也多是男性，但在家煮飯的卻多是女性，主婦妹說。

因為男人下廚是為了事業，而女人做飯卻多是為了感情，我答。

所以女人常不夠專注，因此無法成為大師，但大師卻不能沒有我們，她又說。

對事業不夠專注確實是阻礙女人成長的致命傷，因為女人花太多腦筋在男友或另一半會不會劈腿這件事，或者花太多時間在取悅與打扮身體這件事了。

而且男人多半可以在事業的絕望中求生，女人卻得在愛情的絕望中復活。

我曾在北京茅盾故居紀念館參觀時，看過茅盾作家書房裡放著其夫人的骨灰罈，感情太深所致，連死亡之灰都難以割捨。然茅盾年輕時曾在日本和一起前往的女學生秦德君同居，當時在故鄉聽到消息的茅盾夫人聞訊痛哭，婆婆安慰她說茅盾一定會回心轉意的，妳只要專心照顧孩子。幾年後，茅盾回到上海就和同居對象分手了，茅盾夫人贏得所愛的一生。

茅盾夫人的成功關鍵是她的「專注」，主婦妹聽我閒聊時做了「注解」。

專注也是一種專心，這時事業與世界就是你的了，只要不絕望就有復活的可能。可憐的是秦德君，成了地窖愛情的陪葬者。

長輩妹

鄉下開進一輛紅色法拉利跑車，每個人都往那裡牢牢看去，彷彿那輛跑車是財神的化身。開跑車的人是初老之齡的成功商人，這長輩一身帥氣打扮，看起來年輕，是生活優裕的保養結果。他坐在我旁邊聊著天，在我還流鼻涕的年紀，他就夥同鄉人一起北上尋找機會，和幾個鄉人一起落腳在一處大宅院，在貧窮歲月相濡以沫。

然而很快地他就離開了這擠著南來北往之人的大宅院，這一離，幾乎帶走我對他的印象。從一輛千萬跑車與聘請私家司機可看出他現在所擁有的金錢是一個不小的帝國，他少小離鄉，如此大張旗鼓地衣錦還鄉，我原以為是為了酬神的隆重之舉，後來才知這行徑頗有一洗年輕年代的悲情印記。

原來男人年輕時曾愛上同村美女，還去美女家求過婚，可惜郎有意，美女卻對他論斤計兩。她當時一心想脫離貧窮氣味，認為到台北才有機會。她想上台北不僅關乎著工作，還連繫著愛情機遇。然而沒有讀什麼書的美女，不知繁華城市埋藏險惡，被介紹去了高級理容院工作，就在那裡遇到了「冤仇人」：星馬華僑，和華僑有了孩子，華僑卻丟下他們母子倆，自此離台不回。後來美女把這孩子給娘家扶養，又遇到某企業大老闆，當了人家的細姨，生了孩子，多年過去，至今卻仍無名分。

我舉目四望就是不見這「美女」長輩來此廟會，當我看見法拉利男人就臆猜些隱情了：或許美女知其返鄉，不想來見他，何況美色不再。

頗有歷盡滄桑一美人之慨。繞了一大圈，沒想到她所錯失的金錢帝國就在眼前。

「每個滄桑故事的背後，都有一個滔天巨浪的人生。」這句話還可延伸成：每個愛情的背後，都有一個斤斤計算的人生。

西洋妹

西洋妹跟我說起她一個美國長輩最近過世，他一輩子單身，這在美國少見。

他年輕時參與過戰爭，也許因看見太多苦難，也許在戰爭裡曾遇到一生摯愛，卻注定分開，往後再也找不到更愛的人了。或太過年輕就嘗到生離死別，於是倖存回鄉，從亂世回到盛世後，不再給自己任何會引發苦痛的「束縛」。其人生多采多姿，他旅行世界，擅多語言，且是當地藝文活動的主要參與者。

有意思的是，幾十年來沒有人進過他的房間，包括房東（房東定期收到支票），即使是愛人，即使是家人也都沒有進到他的房子裡。他都是和朋友約在外面見面，他去看望家人。

她去參加他的告別紀念會，讓她訝異的是八十八歲往生的他，所有歷任女友全來了，年紀從三十歲至七十多歲皆有，個個在告別式流淚訴說他的好，沒人爭風吃醋，完全沉浸在對其愛情懷念裡。

他是很有女人緣的男人，但她以為其聰明是在於維持「單身」條件與維持「空間」的完整度，房間是他獨有的帝國。他明白談戀愛有時是說分手要比相聚還來得難，要將已不愛的人「驅逐出境」

更是難。

他過世後，她才得以進入房間，驚訝其房間之整潔，生活之儉約，他將生活細節寫在幾十本記事本，包括生活用度，像是紙本紀錄片，還有其衣服都是自己縫補。從此細節可看出他堅持的個性，女友雖多卻絕對「不濫情」，單身卻「不混亂」，孤獨卻「不依賴」。高度秩序與自我要求的意志力實是過單身生活（或不上班的專職創作者）之首要條件。

她問我的房間什麼樣子？

我的房間也沒幾個人可以走得進來（當然也有誤判而讓他不小心進來的，這是最糟的經驗）。我也是非常害怕請神容易送神難的那種單身者，對自我空間的精神潔癖性很強烈。

但要一生都沒有人走進我的房間，這是超級大考驗。

中文妹

中文妹說她實在很受不了每回問國文老師要看哪幾本中文小說經典時，老師說來說去就是那麼幾個人，且其中一定有張愛玲。她說都什麼年代了，老師怎麼都沒有跟進時代？不是早已可愛豆花妹、雞排妹滿街跑的年代了，為什麼老師總愛抬出老掉牙的作品？

但經典就是經典啊，經典就是一張地圖，一個指引，我說。

「為何我們每一段的感情失落，就不能被放大書寫到跟她一樣的傳奇姿態呢？當我們小小個體在書寫哀傷情愁時，就有人不屑地說我們打花拳，在寫私小說，寫作的哪個部分能不涉及私人經驗呢？」

我說我們是做不了張愛玲的，也做不了別人，傳奇姿態的年代早過了。這世界最後都是自己的。其實張愛玲這個人應該是滿無情的，有人說她筆下的女子都少了心。

張愛玲曾寫：「已逝之情不可留。」胡蘭成寫給她的信她不僅沒看，是連拆封都沒有地丟擲一旁。說也奇怪，當代不少女作家很難走出「張愛玲門檻」。模仿者眾，尤其故作傳奇姿態者也不少，或幻想要跟進她的名言之路：「成名要趁早，不然快樂也就沒那麼快樂了。」

問題是張愛玲年輕時就以民國少女紅遍上海，但她也從沒快樂過啊，甚至將自己成名的往後餘生「獻祭」給「傳奇」了。許多人忘了永遠不會再有另一個張愛玲了，後繼者最好的狀態只能是張派傳人。而張的傳奇是連同她的作品與其人和其時代整個串連起來的，是不能被複製的。

太多女作家被困在「張愛玲的時間」裡，寫幾本成名顛峰作後，得孤高地神隱起來。但這時代神隱難，一不小心可是會被狗仔拍到上「摩鐵」啊，到時候總不能辯說是一起到「摩鐵」研究如何寫「私小說」吧。

「到摩鐵用身體寫濕小說，這是個好點子。」中文妹聽了這麼回我，我確定她不僅當不了張愛玲，且她還真沒讀過張愛玲。

塑膠妹

剛進行人工美的塑膠妹臉部很不自然，她說過兩週就好了，像是在安慰自己關於我看到有點嚇到的不習慣。

我想起大學室友去割雙眼皮，後來我只要對上她的雙眼都會感到不自在，彷彿很刺目，因為割壞了，我懷念她以前的樣子，但已經回不去了。

那時大學宿舍除了每個人都戴隱形眼鏡外，還流行除毛，夜晚浴室傳來尖叫聲竟是因為除毛蠟很痛。夏日到來，在密閉空間的電梯或是車廂裡常得聞到「可怕」的身體氣味，女人的狐味，男人的汗臭味，上年紀者的老人味……夏天的熱度會把這些氣味逼出。或者充滿古龍水或者過濃香水的「毒藥」氣味。有趣的是為何大多數的女生需要香水或者需要化妝？女人為何很少以「自然美」的姿態出現？

西蒙．波娃曾提出一個有趣觀點，她認為女人的「自然」身體，會提醒男人關於疾病、腐朽與死亡對生命的威脅，因此他們寧可喜歡「人工」身體，人工身體可以遮掩老去與腐朽感，使得男人沉浸在美之中，進而遺忘老朽的威脅。

因此女人多半會化妝，為了取悅而裝扮，為了裝扮而裝扮。自然美是不敵人工美的（連亡者都要化妝啊）。

每回在機場，四周總是飄著濃烈香水味，起初一陣噁心，尤其受不了男人噴香水。說來奇怪，男人喜歡女人裝扮也喜歡女人噴香水，女人卻多不愛男人粉味。男人喜歡女性那充滿人工的身體，這使男人暫時忘記身體有朝一日必然走向老去的威脅，因為老朽會讓男人失去鬥志而頓時萎去。

所以我們很少看見男人喜歡「老」女人，至少臉不能顯老。而女人卻大多喜歡男人「自然」，男人自然美感意味著他健康，不做作，很MAN！

難怪有人認為女人比較具有神性，不會選擇一個只會打扮的男人；男人則比較物性，因為選擇僅是外表美的女人的確實很多。

這樣想時，幾個年輕男人行過櫃位，我聞著他們遺下的氣味，也有人工香水味，現在男性美膚美髮等用品也很盛行。

塑膠妹哀嘆地說，有吸引力的身體多半賞心悅目吧。老年的身體再怎麼「加工」也都還是輸給時間，因此老年要裝扮的再也不是身體，而是如何充實智慧。

只有加工在智慧上，才能敵得過身體注定朽老的時間威脅。

愛寫妹

愛寫妹卻不那麼愛看書。

她和我聊天時說到很多創作者都怪，經常神經兮兮的。

我說可能因為創作者需索一種獨特性，通常太正常的創作者其作品也常頗無聊。

比如日本文學有許多高手作家都是很孤僻的，川端康成晚年出門散步都會被干擾而苦惱不已。川端康成寫《睡美人》，寫一個老男人為了如痴如醉地看著裸睡美女竟餵她吃安眠藥，且僅僅只是為了滿足眼觀，不碰不觸，僅以目光完成情欲過程。

谷崎潤一郎的《春琴抄》也是有著作家奇妙的獨特感官之眼：九歲失明富家千金春琴，雅致清美，音曲與稟性皆高。長工佐助長年服侍春琴日常生活，某晚春琴卻不小心被熱水燙傷了美麗的臉，近乎毀容。佐助竟為了讓自己終生能保留春琴在自己眼中的絕美形象，於是他用針刺瞎了雙眼，使眼睛無法再看毀容的春琴一眼。

愛寫妹聽了感到驚嚇，驚呼這是史上最愛主人的長工。

我又說起《刺青》一書裡的情愛也是變態至驚心動魄。

刺青師傅清吉一生的願望是想在女性光潔肌膚上「刺入」他的愛欲之魂。某年夏天他在一間料理屋前，不意從轎子垂簾裡看到一雙裸足時，整顆心怦怦然。後來清吉在偶然機會裡遇到了迷戀的這個對象，他將藝妓女孩麻醉在床上後，非常用心地在女孩的潔白背脊上「刺入」了一隻大蜘蛛，就像將靈魂一點一滴地灌注在女孩身上似的。刺青完成後，他還肅穆地朝著女孩背脊不斷地跪拜著，彷彿那是一座聖殿。

谷崎說他不是站在高高在上的那種聖潔創作者，他是將自己的雙手混在人間的汙泥裡，在火裡開出蓮花，直闖人間禁地的美醜與苦痛。他不要尋常作家追求的那種所謂的什麼樸實與空靈之美，他凝視的是被遺棄的背面，血肉扭曲卻真實。

小說展現谷崎虐待式與被虐待式下的身體與愛情，夠奇特的。誠然好的創作者，不是人云亦云，而是展現自己獨特的生命景觀，即使起先不為世人所認同。尋求媚俗性的認同往往是創作者最大的危機，和愛情一樣：必須聆聽自己內在的聲音，而非別人眼中的正妹正哥。

妳講得比我學校老師還好耶，如果是妳講解，我就會愛上閱讀的，愛寫妹笑說。

知道一個作家寫什麼，還要知道一個作家讀什麼，喜歡聽就常來找我聊天吧。

彷彿我在櫃位開課直播，聊心聊身，聊一切之可聊，我的新聊齋，可愛的妹子們。

智慧田 123

文青櫃姐聊天室

那些失去與懸念的故事

填回函雙重禮
①立即送購書優惠券
②抽獎小禮物

作　　者｜鍾文音
出 版 者｜大田出版有限公司
台北市一〇四四五 中山北路二段二十六巷二號二樓
E-mail｜titan@morningstar.com.tw http://www.titan3.com.tw
編輯部專線｜（02）2562-1383 傳真：（02）2581-8761
總 編 輯｜莊培園
副總編輯｜蔡鳳儀
行政編輯｜鄭鈺澐
校　　對｜黃薇霓／黃素芬／鍾文音
內頁美術｜陳柔含

初　　刷｜二〇二五年二月一日 定價：三八〇元

網路書店｜http://www.morningstar.com.tw（晨星網路書店）
TEL：04-23595819 FAX：04-23595493
購書Email｜service@morningstar.com.tw
讀者專線｜04-23595819 #230
郵政劃撥｜15060393
印　　刷｜上好印刷股份有限公司
國際書碼｜978-986-179-926-1 CIP：863.55/113018241

國家圖書館出版品預行編目資料

文青櫃姐聊天室：那些失去與懸念的故事
／鍾文音著.——初版——台北市：大田
，2025.02
面；公分.——（智慧田；123）
ISBN 978-986-179-926-1（平裝）

863.55　　113018241